Bianca

ATADA A ÉL

SUSAN STEPHENS

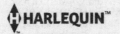

HARLEQUIN™

Editado por Harlequin Ibérica.
Una división de HarperCollins Ibérica, S.A.
Núñez de Balboa, 56
28001 Madrid

© 2016 Susan Stephens
© 2016 Harlequin Ibérica, una división de HarperCollins Ibérica, S.A.
Atada a él, n.º 2485 - 10.8.16
Título original: Bound to the Tuscan Billionaire
Publicada originalmente por Mills & Boon®, Ltd., Londres.

I.S.B.N.: 978-84-687-8444-1
Depósito legal: M-17038-2016
Impresión en CPI (Barcelona)
Fecha impresion para Argentina: 6.2.17
Distribuidor exclusivo para España: LOGISTA
Distribuidores para México: CODIPLYRSA y Despacho Flores
Distribuidores para Argentina: Interior, DGP, S.A. Alvarado 2118.
Cap. Fed./Buenos Aires y Gran Buenos Aires, VACCARO HNOS.

Capítulo 1

HUNDIÓ la pala en la tierra húmeda de la Toscana y sonrió al pensar que tenía mucha suerte por haber encontrado aquel trabajo en Italia. A Cass le encantaba estar al aire libre y el trabajo físico. Y no había mejor lugar que aquel, acompañada por el canto de los pájaros y el borboteo del agua cristalina de un riachuelo cercano. La habían contratado para la temporada de siembra de una gran finca.

Los trabajadores tenían el miércoles libre para partir la semana, así que Cass tenía todo aquel terreno para ella sola y no le costaba ningún esfuerzo imaginarse que era la dueña de la maravillosa finca a pesar de ir ataviada con unas botas llenas de barro, una camiseta corta sin sujetador debajo y una gorra tan descolorida y raída como los pantalones cortos.

La finca estaba alejada de todo, y estar en soledad era estupendo, sobre todo, después de haber trabajado en un supermercado. Además, Cass prefería estar sola a tener que encontrarse al verdadero dueño de la finca. Marco di Fivizzano, que era un empresario industrial italiano, no había ido por allí desde que ella había llegado, pero, según la prensa, era frío y despiadado.

«No te preocupes por él», se dijo Cass mientras

volvía a clavar la pala en la tierra. Era muy poco probable que un hombre tan ocupado como Marco di Fivizzano se molestase en ir desde Roma al campo en mitad de la semana. Cuando les había preguntado a Maria y a Giuseppe, el ama de llaves y el encargado de mantenimiento, si había alguna posibilidad de conocer a su jefe, estos se habían mirado y se habían encogido de hombros.

«Tanto mejor», pensó mientras preparaba la tierra para plantar las semillas. El trabajo duro no la asustaba, pero tener que hacer reverencias era otra cosa.

Siempre había sido rebelde, aunque una rebelde silenciosa, ya que todo estaba en su mente. Su profesora lo había llamado tonta insolencia cuando, con siete años, Cass se había negado a llorar a pesar de que la directora del colegio se había empeñado en avergonzarla delante de todos sus compañeros el día en que habían detenido a sus padres por un delito relacionado con la droga. A pesar de que era muy joven, había decidido que jamás se dejaría intimidar.

Todavía no entendía por qué la directora había aceptado el dinero de sus padres si estos no le parecían bien.

Cass tampoco soportaba el esnobismo. Su difunto padre, mejor conocido como la infame estrella del rock Jackson Rick, había podido permitirse pagar aquel colegio, pero ni él ni su bella esposa ni su reservada hija habían gustado al centro.

«Olvídate del pasado y disfruta del sol de la Toscana...».

Era fácil hacerlo, los rayos de sol le calentaban la piel y el olor a orégano silvestre la embriagaba. Hacía más calor del habitual para ser primavera y aquel trabajo era mucho mejor que el anterior, en un supermercado local.

Cerró los ojos, sonrió y barajó sus opciones: un uniforme de nailon que la asfixiaba o la cómoda ropa que llevaba en esos momentos.

No había comparación.

Le encantaba trabajar con plantas, así que le había rogado al gerente de la tienda que la pusiese en el departamento de jardinería, prometiéndole que sus plantas no volverían a morirse si ella las cuidaba. Este la había mirado mal y le había dicho que le gustaba que las mujeres estuviesen limpias, no manchadas de barro. Cass había dimitido ese mismo día.

Se pasó el dorso de la mano por el rostro y después giró sobre sí misma con los brazos en cruz, como si pudiese tocar los rayos de sol. Los pájaros cantaban, las abejas zumbaban y los brotes verdes empezaban a asomar de la tierra. Sin pensarlo, sacó el teléfono para hacerse una fotografía y mandársela a su madrina, a la que adoraba y con la que había vivido desde la muerte de sus padres. Cuando había aceptado aquel trabajo lo había hecho pensando en ahorrar dinero para poder regalarle un billete de avión a Australia, donde vivía su hijo. Habría estado bien comprarlo para el cumpleaños de este, pero eso era demasiado soñar.

Envió la foto por correo electrónico y, casi de inmediato, recibió la respuesta de su madrina: *¡Parece que lo estás pasando bien! Lávate antes de que alguien te vea así. Un beso.*

Cass rio alegremente y dio un manotazo para apartar una abeja, pero se dio cuenta de que el zumbido que oía procedía de algo mucho más grande... que se acercaba por el perfecto cielo de la Toscana. El corazón se le aceleró cuando el helicóptero voló sobre ella, tapando el sol y terminando con la tranquilidad a base de ruido y polvo. Cass intentó ver quién había dentro, pero dado que en el helicóptero ponía *Fivizzano Inc.* no le hizo falta poner a prueba su imaginación. Suponía que «el jefe», como lo llamaban Giuseppe y Maria, estaba allí. Nadie debía de saberlo porque, si no, Giuseppe y Maria no se habrían tomado el día libre.

«No pasa nada», se dijo. Estaba acostumbrada a enfrentarse a situaciones incómodas. Lo que haría sería intentar no cruzarse con él.

El helicóptero descendió lentamente, cual pájaro siniestro, aplanando la hierba y haciendo que los pájaros volasen asustados de los árboles. Hacía muchos años que Cass no conocía a nadie que viajase en helicóptero, desde pequeña. Enterró la pala en la tierra y se dio cuenta de que le temblaban las manos.

Se las limpió en los pantalones y se quedó inmóvil mientras los rotores del helicóptero se iban deteniendo. La puerta del pasajero se abrió y una figura alta e imponente, vestida de traje, saltó al suelo. Sin duda, Marco di Fivizzano era mucho más guapo de lo que decía la prensa y, por un instante, Cass se quedó de piedra ante su mirada.

¿Qué le había pasado? No había hecho nada malo.

«¿Quién demonios...?». Marco frunció el ceño. Y entonces recordó que su secretaria le había contado que habían contratado a trabajadores temporales para el verano. No obstante, en esos momentos no estaba de humor para aquello. Le extrañaba que Maria y Giuseppe no hubiesen comunicado sus normas básicas, entre las que estaban que nadie se acercase a él cuando estuviese en su finca de la Toscana.

Juró entre dientes y recordó que el miércoles era el día libre de Maria y Giuseppe. Se había marchado de la ciudad de manera tan apresurada que no había pensado en aquello. En cualquier caso, iba a tener que tratar con un chico joven, desaliñado. Lo normal habría sido encontrarse con un señor mayor, con más experiencia, y no con un muchacho imberbe. Se acercó más a él y se quedó de piedra al verla mejor.

Era una chica y estaba bastante sucia, sin maquillar, con la ropa raída y el pelo oculto bajo una vieja gorra de béisbol.

Tenía piernas de potranca... el cuerpo cual fruta madura, los pezones marcados en la fina camiseta de algodón, el rostro sonrojado, atractivo...

El cuerpo de Marco reaccionó de manera violenta, con aprobación. Debajo del barro, el sudor y las mejillas rojizas había una joven muy atractiva. Llevaba la gorra calada para protegerse los ojos del sol, como si su aspecto no le importase nada, y eso ya era una novedad. Iba vestida con una camiseta vieja y manchada de barro que se ceñía a sus perfectos pechos y unos pantalones cortos que dejaban al descubierto sus largas piernas. Se acercó a ella, que no se mostró intimidada, ni mucho menos. Marco tuvo la sensación de que a aquella chica no le daba miedo nada.

–¿Quién eres? –inquirió.

Al contrario que él, que estaba de mal humor, la joven parecía incluso divertida.

–Cassandra Rich. ¿Su nueva jardinera?

El apellido le sonaba, pero no sabía de qué. Se le daba bien evaluar al personal, y en eso se basaba el éxito de su negocio.

Marco clavó la vista en su mirada azul, sincera, y pensó que era natural, alegre e inteligente. Estaba tan poco acostumbrado a encontrarse con personas con fuerza interior que casi le dieron ganas de sonreír, cosa que hacía con muy poca frecuencia.

–Voy a trabajar aquí este verano –continuó ella, mirando a su alrededor.

«Bien», pensó él, diciéndose que así tendría tiempo de conocerla.

¿Era deseo lo que sentía por ella?

Posiblemente. No se parecía en nada a las mujeres sofisticadas con las que solía socializar, así que merecía que le prestase algo de atención.

–¿Y dónde está el resto del equipo? –preguntó, frunciendo el ceño.

–Se ha tomado el día libre –le explicó ella, encogiéndose de hombros y apartándose un mechón de pelo rubio de los ojos azules–. Por eso estoy yo aquí, para llenar el hueco.

Marco se preguntó cómo sería el resto de la melena, escondida bajo la fea gorra. Se imaginó quitándosela y dejando que el pelo cayese sobre su espalda, y agarrándoselo después para besarla en la garganta.

–¿Y puedes ocuparte de toda la finca tú sola? –le preguntó en tono escéptico, forzándose a comportarse de manera profesional.

–Bueno, en cualquier caso, voy a hacerlo –respondió Cass–. Al menos, hasta que los otros vuelvan.

–Sí.

Marco no supo si considerar aquella respuesta como imprudente o demasiado directa. La chica lo miraba con curiosidad, como si estuviese estudiando un cuadro en una galería de arte. Eran dos polos opuestos y por eso sentían curiosidad el uno por el otro: un multimillonario duro y resuelto, y una misteriosa chica que le daba un significado nuevo al término informal.

–No soy tan inútil como parezco –le aseguró ella–. Y le prometo que no lo defraudaré.

A Marco le gustó oír aquello.

–Si fueses una inútil no estarías trabajando aquí.

Se dio la media vuelta y pensó que, aunque estaba agotado, de repente se sentía revitalizado.

Llevaba veinticuatro horas sin dormir, después de haber estado negociando un acuerdo que no solo beneficiaría a su grupo de empresas, sino a todo el país. Ya se había corrido la voz por la ciudad, lo que había atraído a muchas mujeres interesadas, otro motivo por el que había huido de Roma. Podía haber llamado a cualquiera de ellas para que lo acompañase a la Toscana. Eran decorativas y eficientes, y sabían a lo que iban, pero ninguna le había gustado. No sabía qué quería, pero no era aquello.

–Si puedo hacer algo por usted –le dijo la chica a sus espaldas.

Él se quedó inmóvil y se preguntó si se referiría a prepararle una taza de café o a algo más.

–No, gracias.

No quería compañía, se recordó. Al menos, por el momento.

El éxito en los negocios le daba fuerzas. Y lo excitaba. Había pasado demasiado tiempo en la ciudad. Era un hombre que necesitaba el ejercicio físico y que se sentía limitado cuando vestía de traje hecho a medida, se veía obligado a pasar casi todo el tiempo en despachos con aire acondicionado cuando lo que deseaba era estar al aire libre, en la Toscana. Escondida entre majestuosas montañas, su casa de campo era un refugio que no compartía con nadie, mucho menos con una empleada.

–¿Seguro? –insistió Cass.

¿Tenía idea de lo provocadora que era? Se giró a mirarla y vio que había abierto los brazos, lo que hacía que se le marcasen todavía más los pechos contra la camiseta.

–Nada. Gracias –repitió Marco, molesto–. Te dejo trabajar.

Necesitaba aliviarse con una mujer, pero aquella era demasiado joven e inexperta para él.

Apretó la mandíbula con impaciencia al ver que lo seguía, y le hizo un gesto para que retrocediese. Solo quería hablar con personas de verdad, como Maria y Giuseppe, y le molestaba aquella intromisión. Aquella chica era una extraña, una intrusa y, aunque fuese atractiva, ¿era esa sonrisa tan inocente como parecía?

Si había algo que Marco conocía bien era el funcionamiento de la mente de una mujer y las necesidades de su cuerpo, pero aquella era tan diferente a las demás que le frustraba no saber cómo calificarla.

Cass se estremeció involuntariamente. No sabía lo que le pasaba. Había decidido que lo mejor sería mantener las distancias con Marco di Fivizzano, pero estaba haciendo todo lo contrario.

–¡Cuidado!

–Lo siento –dijo Cass, retrocediendo al darse cuenta de que Marco se había detenido y ella había estado a punto de chocar con él.

–¿No tienes nada mejor que hacer que seguirme? –le preguntó en mal tono.

–He terminado por hoy –le explicó Cass–. Y había pensado...

–¿Que necesito ayuda? –le preguntó, mirándola desde arriba–. Si vas a pasar aquí todo el verano, será mejor que me cuentes algo de ti.

Ella se quedó en blanco. ¿Qué podía contarle? ¿Cuánto quería contarle?

–Venga, ven –insistió él, echando a andar de nuevo–. Empieza por decirme de dónde vienes.

–De Inglaterra –respondió, echando a correr para seguirlo–. De una región llamada Lake District. Supongo que no...

–Conozco la zona. ¿Tienes familia?

Solo la palabra familia ya le traía malos recuerdos. No quería hablar de aquello, ni pensar en el momento en el que había descubierto a sus padres flotando en la piscina, ahogados después de una pelea avivada por las drogas. Había preferido quedarse con la versión censurada de la historia.

–Vivo con mi madrina –le contó.

–¿No tienes padres?

–Ambos han muerto.

–Lo siento.

–Hace mucho tiempo.

Casi dieciocho años, se dijo Cass sorprendida. Era tan joven, que casi no había llorado su pérdida. En realidad, no los había conocido bien. Había tenido una niñera tras otra mientras sus padres estaban de gira con el grupo de su padre. Y ella no había sentido nada hasta que su madrina había llegado y le había dado un abrazo. Se había llevado a Cass a la modesta casa en la que vivía en Lake District, donde la única droga era el paisaje y el bonito jardín de su madrina. Cass había vivido allí desde entonces, segura del amor y la seguridad que allí recibía, y contenta de tener una vida ordenada.

En esos momentos pensó que tal vez una parte de ella se hubiese escondido en aquella seguridad. Y que por eso le había chocado tanto encontrase con una personalidad tan absorbente como la de Marco de Fivizzano. Después de una niñez tan turbulenta, había agradecido el amor y la protección de su madrina, pero poco a poco se había ido dando cuenta de que le faltaba algo en la vida. Retos. Ese era el motivo por el que estaba allí, en la Toscana, fuera de su zona de confort, en esos momentos más que nunca.

–Tienes suerte de tener una madrina con la que vivir –comentó Marco di Fivizzano mientras seguía andando delante de ella.

–Sí.

Siempre había podido contar con el calor y la fuerza del amor de su madrina, y cuando había estado preparada para volar del nido, la había ayudado a conseguir aquel trabajo en la Toscana.

Retrocedió cuando llegaron a la puerta principal.

–Entra –le dijo Fivizzano al verla dudar.

Cass solo había estado en la cocina. Y nunca había entrado a la casa por la puerta principal. Su habitación estaba en un edificio anexo, al otro lado del patio. La casa era muy lujosa y ella estaba cubierta de barro y sabía lo duro que trabajaba Maria para que todo estuviese impecable.

Pero el verdadero motivo por el que dudó fue que no quería estar a solas con él.

–Es el día libre de Giuseppe y Maria –le explicó, todavía sin entrar.

–¿Y? –preguntó él con impaciencia.

–Estoy segura de que si hubiesen esperado su llegada...

–No pago al personal para que espere nada.

Ella se sobresaltó.

–¿Te pasa algo?

Sí. Lo que le ocurría era que nunca había conocido a un hombre tan maleducado ni tan insensible. Giuseppe y Maria habrían hecho cualquier cosa por él, pero tal vez no lo supiese. En cualquier caso, ella no iba a entrar en la casa.

–Estoy segura de que Maria habrá dejado algo en el frigorífico para comer...

Él se mostró indignado.

–¿Perdona?

Cass se recordó que le encantaba aquel trabajo, y que con él podría comprarle a su madrina un billete para ir a Australia, así que lo mejor sería que cerrase la boca.

–Como Maria no está, tendrás que hacer tú su trabajo –añadió Marco–. Ve a lavarte y prepara la comida.

Ella se ruborizó bajo la arrogante mirada de su jefe. Pensó que había tratado con muchos clientes difíciles en el supermercado, así que respiró hondo y se dijo que, a pesar de su enorme riqueza, Marco di Fivizzano no era más que un hombre.

Además, si había algo que le gustaba eran los retos.

—No sé cocinar mucho —admitió, quitándose las botas a patadas.

—Haz lo que sepas.

Ella entró en la casa y se quedó en silencio, sobrecogida por su belleza. El techo era muy alto, estaba decorada con antigüedades y caras alfombras, alfombras que Marco di Fivizzano estaba pisando con los zapatos de la calle para dirigirse hacia la impresionante escalera de caoba.

—Te puedes lavar en la cocina —le dijo este, como si fuese Cenicienta—. Estoy seguro de que sabes preparar una tortilla.

—Iré a recoger algunas hierbas aromáticas...

Marco di Fivizzano ya iba por la mitad de las escaleras y no respondió. «Y yo que quería un reto», pensó Cass.

Su primera impresión de su jefe había sido la correcta. Era insufriblemente maleducado e increíblemente insensible. Además, tenía hambre y solo quería comer.

Cass recordó que había leído en alguna revista que Marco di Fivizzano siempre tenía hambre, y dudaba que fuese de comida. Al parecer, también era un amante espectacular...

Ella tenía que refrescarse un poco antes de volver a verlo.

Lo hizo, volvió al jardín, seleccionó algunas hierbas y las cortó con la navaja que llevaba en la mano.

Al volver a la casa, miró hacia las escaleras. Se imaginó a aquel hombre desnudo bajo la ducha. Siempre había tenido una actitud práctica con respecto a los hombres y el sexo, a pesar de vivir en la remota y bella región de Lake District con su madrina y no haber tenido muchos hombres entre los que elegir. Había hecho uno o dos intentos de tener una relación, pero no había salido bien y había sentido una decepción que no podía explicar.

En cualquier caso, su cuerpo no había estado preparado para la llegada de una fuerza de la naturaleza como era Marco di Fivizzano.

Guardó la navaja y se pasó una mano por la nuca. ¿Habría necesitado él una ducha fría después de conocerla? Lo dudaba. Cass se consideraba más una avispa que una bella mariposa. Y él le había parecido muy sexual a pesar de ir vestido de traje de chaqueta. Estaba segura de que le gustaban mucho las mujeres.

Pero no ella. Sería porque ella era una mujer sensata.

Tenía que dejar de soñar despierta y ponerse a cocinar.

Marco se dio una ducha helada. Todos sus sentidos se habían visto afectados gracias a una mujer muy poco convencional. Sonrió mientras se enjabonaba y pensaba en el caos que debía de haber en la cocina de Maria en esos momentos. Esperaba que, al menos, se hubiese lavado las manos.

Sacudió la cabeza, salió de la ducha y tomó una

toalla. Se sentía fresco, revitalizado. Tenía ganas de comer y de un par de horas de sexo, aunque una chica inexperta no era suficiente para tentarlo. Miró por la ventana y se dijo que tal vez se hubiese equivocado con ella. Tenía una navaja en la mano y parecía recién salida de una película de Indiana Jones.

Batió los huevos vigorosamente. Tenía que tranquilizarse antes de que llegase el jefe.

¿Qué le estaba pasando?

Limpió una mancha de huevo de la pared y eso le hizo recordar el día que había hecho su primera tortilla. Tenía seis años y mucha hambre. Le había salido una tortilla negra, pero se la había comido. Tenía tanta hambre, que habría sido capaz de comerse hasta la sartén. Después de una niñez tan ajetreada, había agradecido que su madrina supiese cocinar. Además, su madrina le había dicho que una persona tan sensata y alegre como ella podía aprender a cocinar.

Cass había perdido la confianza en sí misma cuando la vida de sus padres se había convertido en un caos, pero su madrina la había ayudado a recuperarla poco a poco; cocinando y cuidando del jardín, con cariño y atención. Le había explicado que eran actividades que estaban en la base de todo lo bueno, y que las recompensas eran muchas y se podían comer.

Así había sido como Cass había empezado a disfrutar viendo crecer las cosas. Y por eso sabía que podría manejar a Marco di Fivizzano. Nada de lo que este le hiciese tendría comparación con lo que había vivido antes de estar con su madrina. En esos momentos ya no había torbellinos en su vida, sino calma y certidumbre, e iba a seguir siendo así.

Sacó la tortilla perfecta de la sartén y la puso en una bandeja junto con una ensalada. En ese preciso instante llegó él.

Capítulo 2

A PESAR de estar decidido a tratarla como a cualquier otro empleado, ver a Cassandra Rich inclinándose sobre el fregadero para lavar la sartén lo excitó. La curva de sus caderas era perfecta, aunque se había cambiado de ropa y ya no llevaba la camiseta corta llena de barro, sino una limpia y bien planchada. Aunque sí que le quedaba una mancha de barro en el cuello que él deseo limpiar de un lametón.

—Espero que le guste la tortilla —dijo Cass con aparente sinceridad.

Marco apartó la vista de ella y miró la sorprendentemente apetitosa comida que había en la mesa.

—Tiene buena pinta —admitió—, pero ¿dónde está el pan?

Vio en los ojos de Cass que no le había gustado la pregunta, pero esta respondió con docilidad:

—Iré a buscarlo, señor.

No supo por qué, pero su humildad lo molestó.

—Haz el favor de llamarme Marco.

No estaba seguro de si se estaba burlando de él o no, pero tuvo la sensación de que era así, y decidió aceptar el reto.

Le dio las gracias con un gruñido y se sentó.

–Es una comida muy sencilla –explicó Cass.

Su intento de descargar la frustración con los huevos había sido en vano, pensó. Tras verlo por segunda vez, decidió que Marco di Fivizzano era todavía más atractivo de lo que le había parecido la primera vez. Bajó la vista para asegurarse de que la camiseta no se le pegaba a los pechos y se dio cuenta de que se le marcaban los pezones. Y si él, vestido de traje, con camisa blanca y corbata de seda gris, había estado muy atractivo, con unos pantalones vaqueros ajustados y una camiseta negra estaba increíble...

–¿El pan? –le recordó Marco.

También era el hombre peor educado que había conocido.

Cass cortó el pan con fuerza. Sintió que la cocina, que era grande, de estilo rústico, se encogía a su alrededor. La magnética presencia de su jefe lo ocupaba todo.

–¿Has comido ya, Cassandra?

A ella le sorprendió la pregunta, pero no tenía intención de acompañarlo.

–No tengo hambre –contestó–. Ya tomaré algo más tarde.

–Hazlo –añadió él–. Estás demasiado delgada.

Era la primera vez que le decían aquello y, además, a Cass le encantaba comer y no estaba dispuesta a sacrificar eso por entrar en una talla menos de pantalones. En cualquier caso, pensó que aquel comentario tan personal estaba completamente fuera de lugar.

Intentó recordarse que le encantaba aquel trabajo. Respiró hondo y siguió en silencio.

Aquella chica seguía llamándole la atención y, a pesar de no estar impoluta, como esperaba que estuviesen las mujeres con las que salía en Roma, al menos no era tonta. Tampoco entraba en el grupo de las mujeres profesionales con las que de vez en cuando llegaba a un acuerdo de mutua satisfacción. Cassandra era única y, al fin al cabo, no todo en su finca de la Toscana estaba impoluto. De hecho, la finca siempre le había gustado porque era un lugar peculiar.

–¿Está buena la tortilla? –preguntó Cass mientras Marco terminaba el último bocado.

–Mucho.

No se había dado cuenta del hambre que tenía hasta que no se había sentado a comer, ni de lo diferente que era aquella cocina de la de su apartamento de Roma, tan reluciente, con las encimeras de granito y los electrodomésticos en acero inoxidable.

Miró a su alrededor y pensó que no quería cambiar nada de lo que había allí. Después, volvió a estudiar a Cassandra con la mirada.

–¿Cómo conseguiste este trabajo?

–Me recomendó una amiga de mi madrina, a ella también le encanta la jardinería.

–¿Y quién te contrato? –preguntó él con el ceño fruncido.

–Tú, quiero decir...

Cassandra se interrumpió, no tenía ni idea.

–¿Mi secretaria? –dijo él–. Es la única que puede contratar personal.

–Pues debió de ser ella –añadió Cass, casi sin saber lo que decía porque la mirada penetrante de Marco la tenía aturdida.

–Todavía no he visto tu currículum –comentó Marco–. ¿Cumples los requisitos del puesto, qué titulación tienes?

No tenía ningún título, solo su pasión por las plantas y por la tierra.

–Soy autodidacta –admitió.

Todo lo que sabía lo había aprendido leyendo libros de jardinería y su novela favorita *El jardín secreto*.

–¿Y tenías experiencia?

Ella lo miró, le retiró el plato y entonces respondió:

–Antes de venir aquí trabajaba en un supermercado.

–¿Qué estudiaste? –siguió preguntando él, cada vez con el ceño más fruncido.

–No tengo ninguna titulación oficial –aceptó, fregando el plato muy despacio para intentar así evitar nuevas preguntas.

Imaginó que Marco todavía no se había dado cuenta de cuál era su apellido y de quiénes habían sido sus padres. Y se dijo que ella tampoco tenía por qué contárselo ya que, al fin y al cabo, él tampoco le había contado nada de su vida. Podía entender que se hubiese sentido molesto al encontrarse a una extraña en su finca, pero, siendo un hombre tan poderoso y rico, solo tenía que hacer una llamada de teléfono para averiguarlo todo de ella. Si es que estaba interesado en hacerlo.

«Tranquilízate», se advirtió a sí misma.

Era muy fácil decirse aquello, pero no quiso ni imaginar lo que pensaría un hombre como Marco di Fivizzano si se enteraba de su pasado, de su niñez rodeada de drogas y del momento en que se había encontrado a sus padres ahogados en la piscina. Si se enteraba de aquello pensaría, como todo el mundo, que era una persona contaminada, cuando no había nada más lejos de la realidad. Lo único que lamentaba era no poder volver al pasado como adulta y ayudar a sus padres.

Salió de sus pensamientos cuando él se levantó de la mesa. Tenerlo cerca la hacía sentirse vulnerable, pero Marco salió de la cocina sin mirar atrás y sin darle las gracias.

–Qué maleducado.

Cass miró por la ventana y lo vio atravesar el jardín. Era muy guapo. Andaba con seguridad, tenía un cuerpo increíble.

El verano de Cass había cambiado de manera irrevocable con la llegada de Marco di Fivizzano y solo tenía clara una cosa: que sus fantasías habían cambiado y ya no estaban en *El jardín secreto*.

Había dormido fatal. No había dormido nada, ¿por qué intentar disfrazarlo?

Fue de un lado a otro de la habitación con el ceño fruncido. Había pensado que tendría la casa para él solo, pero *ella* estaba al otro lado del patio.

Sintió deseo solo de pensar que la ventana de la habitación de Cassandra estaba justo enfrente de la suya. Había buscado información por Internet y ya lo sabía todo de ella. Ya sabía por qué le había sonado su apellido. Cassandra era la única hija de Jackson Rich, una leyenda del rock, y su esposa, Alexa Monroe, que no había sido más que una muñeca rota.

¿Qué hacía Cassandra trabajando de jardinera? ¿Adónde había ido a parar todo el dinero? Jackson Rich había tenido mucho éxito. ¿Era posible que se lo hubiese gastado todo? Cassandra tenía aspecto de no tener nada. Sus padres debían de habérselo gastado todo en drogas. No sintió pena. Él había tenido que luchar mucho para llegar adonde estaba y sabía que no podía confiar en nadie.

No obstante, decidió darle a Cassandra el beneficio de la duda. No tenía por qué haber heredado los defectos de sus padres. No obstante, si se trataba de una cazafortunas, se iba a llevar una gran decepción. En su casa de Roma no había sitio para una amante embadurnada de barro. En Roma, las mujeres sabían cómo vestirse, cómo hablar y cómo comportarse, tanto dentro como fuera de la cama. Dudaba que Cassandra estuviese interesada en adquirir aquellas competencias, salvo tal vez la última.

Era el momento de recordarse que él siempre evitaba las complicaciones. Su niñez le había enseñado que no podía confiar en las mujeres, y no tenía ningún motivo para cambiar de opinión. Tal vez Cassandra Rich fuese peculiar y atractiva, pero no era nada más.

¡Se había quedado dormida! Se incorporó de un salto y miró a su alrededor, aturdida, sin saber dónde estaba. Su sencilla habitación seguía siendo la misma... la casa era la misma... el olor a flores que entraba por la ventana era el mismo... incluso el canto de los pájaros era el mismo, pero todo había cambiado. Por Marco.

¡Olvídate del jefe! Tenía que haberse levantado un rato antes y, a esas horas, estar fuera, trabajando en el jardín.

¿Olvidarse de él?

Por supuesto que iba a olvidarse de él. Entonces apartó las sábanas, saltó de la cama y corrió a la ventana, a buscarlo. Era la primera vez que le ocurría algo así. Era la primera vez que un hombre alto y moreno, con un cuerpo de pecado, entraba en su vida en helicóptero y le pedía que le hiciese la comida.

Porque eso era lo que había ocurrido. ¿Cómo iba a lidiar con él?

¿Sabría alguien cómo lidiar con Marco di Fivizzano?

Abrió las contraventanas y lo vio atravesar el patio. Cada vez que lo veía estaba más guapo y le parecía más peligroso. Sobre todo, sin el traje. Los hombres con los que Cass fantaseaba siempre eran tipos duros y toscos, pero en comparación con Marco todos eran patéticos. Cass habría tenido que ser de piedra para no preguntarse cómo sería tenerlo en la cama.

¡Pero no tenía tiempo para aquello!

«Mejor», pensó, retrocediendo al ver que Marco miraba hacia allí.

¿Se habría dado cuenta de que lo estaba observando? Cass tendría que ser más discreta si no quería quedarse sin trabajo.

Después de la ducha y envuelta en una toalla, consideró qué debía ponerse. Solo se había llevado un vestido de tirantes, por si acaso, dos pares de pantalones cortos y media docena de camisetas. Y también dos pares de vaqueros y un forro polar por si hacía fresco por las noches...

¿Por qué se estaba preguntando qué ponerse?

Cualquier otro día habría tomado lo primero que hubiese tenido cerca: unos pantalones cortos y una camiseta limpia. Iba a trabajar la tierra, no a hacer una audición para convertirse en la siguiente amante de Marco di Fivizzano.

¿Qué ropa interior debía llevar?

Toda era muy normal.

Evidentemente, algo cómodo, con lo que pudiese trabajar todo el día.

Escogió las braguitas más grandes y un sujetador deportivo que le sujetaba bien los grandes pechos.

Maria y Giuseppe estaban de vuelta, así que, durante el desayuno, les hizo algunas preguntas con toda naturalidad. Ellos tampoco sabían cuáles eran los planes del jefe para los siguientes días. Giuseppe mencionó una visita a los viñedos para escoger unas vides, pero aquello fue lo único que Cass pudo averiguar antes de ponerse a trabajar.

Pasaron varios días, y varios días más, y casi no vio al jefe. No dejaba de decirse que era estupendo, así no había presión, pero luego se pasaba el día buscándolo. No podía evitarlo. La atracción que sentía por Marco di Fivizzano era algo único. No tenían nada en común, pero soñar era gratis, se consoló mientras recogía sus herramientas para ponerse a trabajar.

Salió y vio a Marco, y se le aceleró el corazón. Iba vestido de manera elegante y había sacado el Lamborghini.

¿Tendría una cita? ¿Qué más le daba a ella?

Se fijó en que los chinos y la camisa azul hielo resaltaban su moreno pirata. Y lo había combinado con una chaqueta de lino marrón grisáceo. Si pudiese verle la cara...

Pero no. Llevaba gafas de sol y Cass no podía ver su expresión.

Mejor. No quería que Marco pensase que estaba interesada en él.

Así que siguió cavando la zanja que había empezado a hacer para proteger las semillas en caso de que lloviese. Porque iba a llover. Cass se incorporó y olfateó el aire como si de un perro de caza se tratase.

Maria también le había dicho que, a pesar de que la casa y la finca parecían eternas e indestructibles, eran muy vulnerables frente a los elementos de la naturaleza. El cauce del río había cambiado a lo largo de los siglos y en esos momentos representaba un peligro. Maria también le había explicado que, en 2014, una tormenta había llegado a arrancar árboles. El día estaba extrañamente tranquilo, demasiado tranquilo. Hasta los pájaros habían dejado de cantar. Se dio cuenta de que Marco también miraba el cielo, que estaba teñido de amarillo y salpicado de feas nubes. Se preguntó si llevaría un paraguas y, sonriendo, se dijo que los hombres como Marco di Fivizzano nunca se mojaban porque incluso las nubes se apartaban de su camino.

Y luego iban a descargar sobre pobres infelices como ella, se recordó mientras clavaba la pala con fuerza en la tierra.

Lo estaba haciendo otra vez, lo estaba volviendo loco con su cuerpo manchado de barro. Ninguna otra mujer lo había atraído tanto. De hecho, dudaba que ninguna otra hubiese empuñado una pala. Y, sin duda, ninguna utilizaba su cuerpo con semejante despreocupación. Cassandra era una mujer muy física, y compleja. No podía ser de otro modo, teniendo en cuenta su pasado. Marco había leído todos los artículos de prensa que había encontrado acerca de la terrible tragedia. Sabía que nadie la había cuidado hasta que su madrina la había adoptado. Y los medios también se habían preguntado, lo mismo que él, cómo había podido afectarle la desordenada vida de sus padres. Se dijo que debía ser cauto con la joven jardinera.

Pero, ¿desde cuándo era un hombre cauto?

Puso el Lamborghini en marcha y miró hacia donde estaba Cassandra, pala en mano. La camiseta que llevaba puesta debía de haber encogido al lavarla y dejaba al descubierto su vientre plano, bronceado. Marco se imaginó besando aquella piel suave y bajando todavía más... o subiendo. Cualquiera de las dos cosas sería un placer.

Se alejó de allí e intentó dejar de pensar en Cassandra. Y pensó en otras mujeres que querrían compartir su cama de la Toscana. Todas querían lo mismo: dinero y sexo. Conocía a un par de ellas que podrían ser incluso excelentes esposas, pero dudaba que fuesen capaces de cavar una zanja, y mucho menos de convertir un trabajo de jardinería en una obra de arte pornográfica.

Las piernas desnudas de Cassandra brillaban por el esfuerzo como lo harían después del sexo, y Marco se excitó al verla clavar la pala en el suelo. Estaba dándolo todo, como también haría en la cama.

«¿Por qué la miraba Marco fijamente?», se preguntó Cass mientras lo veía alejarse en una nube de polvo y gravilla.

¿Y por qué lo miraba ella también?

Seguro que Marco solo había querido comprobar que estaba haciendo su trabajo, razonó. Y ella no volvería a mirarlo jamás.

«Eso dijiste la última vez», pero en esa ocasión iba a cumplirlo.

¿Seguro? Bastaba con que Marco la mirase para sentir deseo.

La culpa era de su imaginación. Había muchas mujeres que deseaban al hombre inadecuado y ella era completamente consciente de que Marco di Fivizzano no estaba a su alcance.

Capítulo 3

MISTERIO resuelto. Marco había ido a comer con el alcalde. Cass no supo si debía sentirse tan aliviada cuando Maria se lo contó. ¿Había sentido celos?

Estaba loca.

Se apartó un mechón de pelo de los ojos y se ofreció a terminar de recoger para que Maria y Giuseppe pudiesen ir directos a la fiesta del pueblo.

–Que no os pille la lluvia –comentó mirando al cielo, que se estaba oscureciendo.

Se despidió de ellos y pensó contenta que tendría toda la tarde para trabajar sola en el jardín, pero un rayo surcó el cielo y se dijo que era mejor no quedarse fuera. Lo que sí podía era hacer cosas en la cocina.

Había oscurecido muy deprisa y el ambiente estaba pesado. Las primeras gotas le salpicaron el rostro y recogió las herramientas para protegerlas del agua. Después fue directa a la puerta de la cocina, que atravesó ya completamente empapada. Tenía el tiempo justo para comprobar todas las ventanas antes de que la tormenta se desatase del todo.

Corrió al piso de arriba y el ensordecedor ruido de la tormenta hizo que se tapase los oídos. Encendió las luces y se sintió mejor, pero iba a volver a bajar al primer piso cuando la casa se quedó sin electricidad. Miró su teléfono. No había red.

Bajó las escaleras con cuidado y gritó al pisar un charco de agua fría, pero intentó tranquilizarse diciendo que la casa había aguantado varios siglos y que Marco la había reformado también, así que, aunque el río cambiase de cauce, no conseguiría llevársela con él. Estaba a salvo.

De repente se hizo de noche a media tarde y todo el mundo supo que iba a caer una buena tormenta. Marco se disculpó y salió de la recepción antes de tiempo. Llamó a María y Giuseppe para advertirles de que se quedaran en el pueblo, y estos le contaron que la *signorina* Rich no los había acompañado.

Seguía en la casa. Tal vez en peligro.

Cassandra Rich lo sacaba de quicio. Cualquier otra mujer habría corrido a ver los puestos del mercado, pero Cassandra no. No, había tenido que quedarse sola en la casa justo cuando iba a caer la tormenta del siglo. Si el río salía de su cauce, las autoridades cerrarían el puerto y él no podría llegar a casa. Había varios sacos de arena junto a la puerta de la cocina, y un generador de emergencia por si se iba la luz. Que era lo más probable.

Cuando salió a la calle ya estaba lloviendo. Se subió al coche y pensó que no tenía ni un minuto que perder. Fue el último coche en cruzar el puente.

Solo tenía una cosa en mente: que Cassandra estaba sola en la oscuridad y que, le gustase o no, era una de sus empleados y tenía que protegerla. Se la imaginó aliviada cuando lo viese llegar a rescatarla.

Nunca le había alegrado tanto ver la casa. Le gustó menos descubrir que el agua llegaba ya al primer escalón. Aparcó y fue hasta la puerta principal, metió la llave en la cerradura, pero no consiguió abrirla. Empujó con el hombro, pero tampoco se abrió. La casa estaba a oscuras. Miró a su alrededor y se preguntó dónde estaría. La llamó:

–¡Cassandra!

Miró por una de las ventanas, pero solo vio oscuridad, así que rodeó la casa y se detuvo en seco al ver la puerta trasera abierta.

–¿Te vas a quedar ahí parado o me vas a ayudar?

Entonces la vio en la otra punta de la cocina, completamente empapada, arrastrando un saco de arena por el suelo.

–Las velas se han vuelto a apagar –añadió a gritos–. ¿Puedes cerrar la puerta y encenderlas?

–¡Deja eso! –exclamó él, quitándose la chaqueta y acercándose a su lado–. Enciende tú las velas, yo me ocuparé del saco.

Ella lo apartó de un empujón y el breve contacto le causó un escalofrío.

–Si me quieres ayudar, toma otro saco –le gritó–. Supongo que el río se ha salido de su cauce.

–Es evidente –respondió Marco en tono seco, quitándole el saco de las manos y poniéndolo encima de los demás.

Aquel era el motivo por el que no había podido entrar por la puerta principal. Y Cassandra ya había empezado a enrollar sus alfombras persas.

–Ayúdame –le pidió esta con impaciencia–. Será más rápido si lo hacemos entre los dos.

—¿Has encendido ya las velas? —inquirió él.

—¿Es que no tienes educación? —replicó ella con el ceño fruncido.

Marco se incorporó, sorprendido. Era la primera vez que alguien le hablaba así.

—Empieza por darme las gracias —añadió Cassandra.

Un trueno interrumpió su discusión y con la luz de un rayo Marco se dio cuenta de que el gesto de Cassandra era de preocupación.

—Si no deja de llover pronto, nos hundiremos, literalmente —continuó ella—. Toma esto.

Le tiró una toalla para que limpiase el agua que se filtraba entre los sacos. La *signorina* no se había quedado en un rincón, esperando a que la salvasen, sino que controlaba completamente la situación. Sorprendentemente, a Marco le gustó aquello. Aunque lo cierto era que le gustaba ella. No podía evitarlo.

—¿Me vas a ayudar a enrollar las alfombras o no? —le preguntó Cass mientras Marco encendía las velas que había sobre la mesa del recibidor.

Él quería ayudarla en muchas cosas, pero enrollar alfombras no era su prioridad.

Todo fue bien hasta que Cassandra tropezó con una alfombra y él la sujetó para que no se cayese. Marco tardó un instante en darse cuenta de lo que le gustaba tenerla entre sus brazos. Notó cómo ella contenía la respiración, casi como si pensase que iba a besarla. ¿Se resistiría? ¿O se rendiría a la pasión? Le daba igual. Tal vez quisiera besarla, quizá estuviese desesperado por hacerlo, pero nunca sería tan autocomplaciente.

—Ten cuidado, no vuelvas a tropezar.

–¿Continuamos? –le preguntó ella.

Obligados a trabajar juntos, a Cass le sorprendió lo bien que se entendían. Para su sorpresa, formaban un equipo magnífico. Y era un placer ver a Marco esgrimiendo su gran fuerza física.

–Yo apartaré esas cosas del medio para que puedas llevar esa alfombra al comedor –le dijo, conteniendo la respiración al verlo echarse la alfombra al hombro como si no pesase nada.

Sus manos se rozaron. Sus cuerpos se tocaron. Sus respiraciones se mezclaron. Estaban peligrosamente cerca.

–Buen trabajo –añadió, retrocediendo.

Y dándose cuenta de que le había hablado como si sus papeles en la vida fuesen los opuestos. Se alejó de él.

–¿Adónde vas? –preguntó Marco.

–A la cama. Ya hemos hecho todo lo que podíamos hacer esta noche. Primero me voy a dar un baño, a ver si entro en calor. No hay electricidad, pero seguro que hay agua caliente en el calentador. Te prometo que no la gastaré toda.

–¿Un baño en la oscuridad?

–Me las arreglaré. Llevaré unas velas.

Él apoyó un puño en la puerta. ¿Estaba intentando impedir que saliese? De repente, había aumentado la tensión entre ambos.

–Tienes mucha prisa por marcharte.

–Tengo frío –respondió Cass, abrazándose y mostrándose frágil.

No supo si lo había convencido, pero al menos lo vio quitar la mano de la puerta.

–Lo has hecho muy bien –comentó Marco, echándose a un lado.

–Y ahora estoy helada –le recordó ella–. Si pudieses conseguir que volviese la luz...

–Ve a darte ese baño. Ah, y no te olvides de decirle a tu madrina que estás bien. Estoy seguro de que una tormenta así saldrá en las noticias internacionales. Avisa a todo el que pueda estar interesado.

–No hay nadie más –respondió ella–. Y hablaré con mi madrina en cuanto vuelva a haber red.

–Es evidente que la quieres mucho.

–Es la mujer más maravillosa del mundo. Me acogió...

–Cuando tus padres fallecieron –terminó Marco en su lugar, pensativo.

–Sí.

Cass apretó los labios, reacia a revelar más. ¿Cuánto sabría Marco?

–¿Y por qué la dejaste para venir a trabajar a la Toscana?

–El trabajo es estupendo –respondió Cass con toda franqueza–. Y no puedo seguir viviendo de ella. Me encontró esta oportunidad cuando me fui de mi anterior trabajo. Fue a través de una amiga suya que también es jardinera. Rechazarla habría sido de muy mala educación.

Aunque tal vez debiese haberlo hecho, pensó, nerviosa, mientras Marco seguía mirándola.

–Encontraré trabajo en otro supermercado cuando vuelva y, mientras tanto, este es perfecto para mí.

–Perfecto –repitió él sin rastro de emoción en la voz.

Tal vez quisiese saber más, pero Cass no estaba dispuesta a hablar de su vida personal con un extraño.

–No te enfríes –le recordó Marco.

Y Cass no necesitó que se lo dijese dos veces. Se marchó corriendo, sin mirar atrás.

Cuando Cassandra se marchó, él se quedó inmóvil, en silencio. Todavía sorprendido por cómo había manejado sola aquella situación, y más intrigado que nunca. Averiguaría más cosas acerca de ella. Se le daba muy mal aceptar órdenes, pero era un soplo de aire fresco. La quería en su cama. Entonces se recordó que seducirla no era buena idea. Nunca se acostaba con sus empleadas.

Calmó sus ansias siendo práctico. Encendió el generador y fue a valorar los daños del jardín. Las semillas habían sobrevivido, pero había varios árboles centenarios en el suelo. Pensó en contratar a Cassandra para que hiciese unas zanjas de drenaje.

Comprobó que los sacos de arena estaban cumpliendo su función y pensó que era increíble que Cassandra hubiese sido capaz de colocarlos sola. Se dio cuenta de que estaba intentando agotarse y dejar de pensar en ella, pero seguía deseándola. Cassandra Rich era la mujer más inquietante que había conocido. Tenía características de las que solía huir: era joven, demasiado ingenua, y no tenía ni idea de sus posiciones relativas en la vida. Y esto último le gustaba. Ya tenía demasiados aduladores a su alrededor. Cassandra Rich era real, concluyó, encogiéndose de hombros.

Rio mientras subía corriendo las escaleras. Y se quedó de piedra en la puerta de su habitación. La ventana estaba cerrada, pero las contraventanas se habían quedado abiertas y la luz de la habitación de Cassandra estaba encendida.

Jamás sabría por qué lo había hecho, salvo porque había visto fotografías en revistas y películas, además de imágenes en su propia cabeza, de cómo debía de ser la mujer, sofisticada y sexy, que debía de gustarle a un hombre como Marco. Ella no era así, pero no había nada de malo en fantasear con ello.

Tal vez fuese el calor de la noche y haber tenido cerca a Marco, pero lo suficientemente lejos, lo que había hecho que Cass decidiese explorar su propia sexualidad.

Bailó por la habitación mientras esperaba a que se llenase la bañera. En su imaginación, bailaba para él, que, por supuesto, babeaba.

En realidad sabía que a Marco nunca iba a gustarle una jardinera, pero a Cass le dio igual. Siguió soñando.

Se tomó un respiro y fue a mirar por la ventana. La luz de la habitación de Marco estaba apagada y la habitación, vacía. ¡Afortunadamente! Por un instante, le preocupó que pudiese estar observándola en la oscuridad, pero no. Así que siguió bailando en su escenario imaginario, bajo la luna...

Marco se quedó hipnotizado mientras Cassandra empezaba a desvestirse. Estaba de espaldas a él y estaba haciendo un striptease lento y bastante habilidoso. Cuando se quitó la camiseta, Marco se lamentó de no tener un mejor ángulo de visión, aunque su imaginación le proporcionó todo lujo de detalles y él gimió al pensar que se iba a pasar otra noche sin dormir.

Cass tiró la camiseta al suelo y se quitó la goma que le sujetaba el pelo, que cayó en cascada sobre su espalda. Pasó las manos por él y se estremeció al sentirlo sobre los hombros, como si el roce del pelo sobre su piel desnuda la excitara. Sin dejar de moverse sensualmente, se desabrochó los pantalones vaqueros y se los bajó. Arqueó la espalda y Marco tuvo la sensación de que hacía el gesto para intentar conseguir su aprobación. La tenía.

Se quedó inmóvil mientras terminaba de quitárselos. Eran muchas las mujeres que habían intentado seducirlo y muchas lo habían conseguido, pero ninguna le había hecho sentir semejante deseo. Se quedó obnubilado viendo cómo se pasaba las manos por los pechos y las detenía allí, como disfrutando de la tersura de sus pezones tanto como él. Que se los pellizcase lo enloqueció. Si aquello duraba mucho más, no lo iba a soportar.

Se puso tenso al ver que sus manos bajaban hacia la curva del vientre. Aquella era otra zona que también le gustaría explorar. Cassandra bajó la mano más, pero la volvió a subir. Y Marco se dio cuenta de que había estado conteniendo la respiración. Parecía una chica inocente, pero en esos momentos su comportamiento era el de una mujer muy sensual, que sabía perfectamente cómo atormentar a un hombre.

Además de ser fuerte y directa, atractiva y femenina, había resultado ser la mujer más erótica y provocadora que había conocido. Se fijó entonces en el movimiento del brazo derecho. ¿Se estaría dando placer? Jamás le había excitado tanto observar a una mujer. Estaba agonizando.

¿Qué estaba haciendo?, se preguntó Cass sorprendida, poniendo fin bruscamente a su actuación.

Tenía que haber estado metida en la cama y solo podía culpar de su comportamiento a la tensión que había tenido durante la tormenta. Esta ya había pasado y aquella casa, que cada vez le gustaba más, había sobrevivido.

¿Se había vuelto completamente loca? Ni siquiera había cerrado las ventanas...

Tomó la toalla que había preparado para después del baño y se tapó con ella. Luego se giró para comprobar que no la había visto nadie.

Las contraventanas de Marco estaban cerradas, gracias a Dios.

¿Cerradas? ¿También habían estado cerradas antes?

No lo podía recordar. De lo único que se acordaba era de que su habitación había estado a oscuras. Tal vez ya habían estado cerradas entonces. Sí, seguro que sí.

Capítulo 4

POR motivos obvios, Marco se sintió muy tenso a la hora del desayuno. Cassandra, por su parte, parecía completamente relajada.

Gimió en voz alta.

—Perdona, ¿no querías huevos otra vez? —le preguntó ella.

—No, me parecen bien los huevos. Gracias.

Marco se sentó e intentó no pensar en lo que había visto la noche anterior.

—Mis conocimientos de cocina son bastante básicos —añadió ella—, pero Maria volverá hoy y mañana ya tendrás mejores comidas.

Se inclinó para guardar una sartén y los pantalones vaqueros cortos se ciñeron a su trasero. Él deseó ir por detrás y apretar su cuerpo contra el de ella.

—¿Más pan? ¿Huevos? ¿Café?

—No. Gracias.

Cuando se giró hacia él, Marco no estaba pensando en el desayuno, sino en acostarse con ella. Se imaginó sus largas piernas alrededor de la cintura, sus gemidos de placer alentándolo a continuar mientras él la hacía llegar al orgasmo, a varios orgasmos, se corrigió. La vio llevarse una mano a la frente.

—¿Ocurre algo? —le preguntó.

—¡Pastillas para el lavavajillas!

–¿Perdona?

–Que no quedan –explicó Cass, frunciendo el ceño.

Menuda mujer fatal. Y, no obstante, cada vez la deseaba más.

Marco di Fivizzano la estaba volviendo loca. Se puso a limpiar el jardín después de la tormenta mientras ella iba al supermercado. Estaba sin camisa y con un hacha en la mano, y era como todas sus fantasías hechas realidad. Aunque lo cierto era que no sabía mucho de él, solo que era tan rico y poderoso que podía mantener su pasado completamente en secreto. No obstante, Cass sentía curiosidad. Todo el mundo tenía una historia interesante, pero Marco no permitía que nadie se le acercase lo suficiente como para llegar a ella.

Maria salió apresuradamente de la casa, interrumpiendo sus pensamientos. Debían de haber llamado a Marco por teléfono, porque este soltó el hacha y entró en la casa.

«Qué injusta es a veces la vida», pensó Cass con amargura. Aunque siempre había otra oportunidad...

Pasó la tarde en el pueblo, pero volvió a casa en cuanto pudo porque todavía tenía que trabajar. Cuando llegó, encontró a Marco yendo y viniendo por la cocina, esperándola.

–Deja eso ahora –le dijo, al ver que empezaba a colocar la compra.

–¿Qué ocurre? –le preguntó ella, frunciendo el ceño.

–Tenemos que hablar.

Aquello la alarmó. Se preguntó si se iba a quedar sin trabajo, con lo mucho que le gustaba.

–Ven a mi despacho –añadió.

Ella lo siguió. La habitación estaba en silencio y muy recogida. Los muebles eran caros, muy caros. No la invitó a sentarse, aunque ella tampoco se habría sentido cómoda si lo hubiese hecho.

Marco fue muy directo.

–Necesito tu ayuda, Cassandra.

–¿En qué puedo ayudarte? –preguntó ella, diciéndose que solo podría aconsejarle acerca de algo relacionado con el jardín.

–Me han dejado tirado.

–Ah, lo siento.

–No has sido tú –replicó Marco con impaciencia.

Se acercó al escritorio, se apoyó en él y se cruzó de brazos.

Luego, la miró como si ella fuese un pastel y él estuviese mirando el escaparate de una pastelería.

A Cass no le gustó que la mirase así, así que decidió tomar la iniciativa.

–¿Qué puedo hacer por ti?

Marco se tomó su tiempo antes de responder. Mientras tanto, Cass lo estudió con la mirada. Se preguntó si nunca se afeitaba cuando estaba en la Toscana. Al parecer, allí se relajaba de verdad. Lo mismo que ella.

Tembló de deseo al darse cuenta de que Marco tenía la mirada clavada en sus labios. Se puso recta y adoptó una postura más profesional.

–Te necesito en Roma.

–¿En Roma?

–Y no tiene nada que ver con jardines –añadió él–. Todos los años presido una función benéfica.

–Ah.

–Es una cena –le explicó Marco–. Y necesito ir acompañado. Si no, habrá una silla vacía a mi lado.

«Y eso es impensable», pensó ella.

–Se suponía que la organizadora del evento iba a ser mi acompañante –continuó él, impaciente–, pero le ha surgido un problema familiar y no va a poder.

–Y entonces vas a tener un asiento vacío a tu lado –dijo Cass, frunciendo el ceño como si todo aquello fuese un misterio para ella.

–No, porque tú lo vas a ocupar.

–¿Yo? –preguntó Cass horrorizada.

No tenía ninguna intención de ir a una pomposa fiesta. Llevaba toda su vida adulta evitándolo.

–No sé qué es lo que te sorprende tanto –respondió Marco–. Solo te estoy invitando a que vengas conmigo a una fiesta.

Cualquier otra mujer se habría muerto de ganas de aceptar aquella invitación, pero Cassandra no. De hecho, lo estaba mirando como si le hubiese dicho que la iba a torturar.

–¿Una fiesta benéfica en Roma? ¿Una cena? –repitió ella, todavía con el ceño fruncido.

–¿Por qué te resulta tan difícil entenderlo? Limítate a decir que sí. Yo te proporcionaré la ropa adecuada, el peluquero y la manicurista. Podrás contar con los mejores esteticistas y estilistas, lo que necesites.

Ella abrió mucho los ojos y añadió:

–¿Es una broma?

–Hablo completamente en serio. Te acabo de invitar a que vengas conmigo al evento del año.

–Pues no puedo –insistió ella–. No puedo. Estoy segura de que no estaría a la altura.

–Seguro que sí.

–Lo dices en serio –comentó ella en voz baja–. ¿Me quieres a tu lado, en una fiesta benéfica en Roma?

–Sí –le confirmó él.

¿Cuántas veces tenía que decírselo.

Cass negó con la cabeza.

–Lo siento mucho, Marco, pero para mí ponerme un vestido y comportarme de manera educada es como para ti ensuciarte trabajando en el jardín.

–Pero si yo trabajo y me ensucio en el jardín –le recordó él, empezando a perder la paciencia–. Aunque, si no estás dispuesta...

Ella tenía el corazón acelerado. Pensó que Marco tenía que estar desesperado para proponerle aquello.

–Lo cierto es que donde yo funciono bien es en el jardín –le explicó con firmeza–. En una fiesta... no funciono.

–Yo te pagaré por las molestias.

–¿Me pagarás? ¿Cuánto? –preguntó en voz baja, pensando en su madrina.

Marco dijo una cantidad que hizo que Cass palideciera.

Tal y como había esperado, mencionar una gran cantidad de dinero lo cambiaba todo. Todas las mujeres tenían un precio, y él no iba a aceptar un no por respuesta.

Decidió presionarla un poco más.

–¿Qué vas a hacer cuando te marches de aquí y vuelvas a Inglaterra? ¿Volverás a trabajar en el supermercado?

–¿Por qué no? –preguntó ella–. Es un trabajo honesto, y tengo buenos amigos en él.

–También podrías hacer buenos amigos en Roma –replicó él con frustración–. Amigos con jardines maravillosos que necesitan muchos cuidados. Podrías conocer clientes en potencia en la fiesta.

Cass se quedó pensativa.

–¿De verdad?

–Te pagaré y, además, tendrás la oportunidad de conseguir nuevos clientes. No pienso que eso tenga nada de malo.

–Supongo que no... –admitió Cass, mordiéndose el labio inferior.

–Vas a venir.

–Imagino que podría ayudarte... Pero solo he traído un vestido...

–Ya te he dicho que yo te proporcionaré la ropa.

–Te la pagaré.

–El vestido y el resto de gastos entrarán en la paga. Y podrás quedarte el vestido después de la fiesta.

Ella se quedó pensativa y frunció el ceño.

–Tendrás todo lo que necesites –le prometió Marco–. Yo me encargaré de ello.

–¿En serio?

–Cassandra, yo nunca digo cosas que no pienso.

Estaba seguro de que le iba a contestar que sí.

–Necesito tiempo para pensármelo.

–No. Tienes que darme una respuesta ahora. ¿Sí o no?

No podía fingir que no estaba nerviosa solo de pensar que iba a volver al superficial mundo de la sofisticación que tanto daño le había hecho en su niñez, pero entonces pensaba que con el dinero que Marco le había ofrecido podría comprarle a su madrina un billete para Australia. Sabía que era una oportunidad magnífica, que no se le volvería a presentar.

Tuvo que recordarse todo aquello mientras entraba en uno de los hoteles más exclusivos de Roma, aunque no podía evitar tener la sensación de que Marco la había comprado. Aun así, Cass sabía que ella era solo una jardinera y que ningún vestido de diseño podría cambiar aquello.

No obstante, ya era demasiado tarde para preocuparse por eso. Estaba allí, con uno de los empleados de Marco acompañándola.

Se puso tensa cuando vio acercarse al gerente del hotel. A pesar de no recordar mucho de su niñez, estaba segura de haber estado en un lugar así de niña. No se acordaba de su madre, pero siempre había habido alguna mujer cerca. Su padre las había utilizado como objetos y, según la prensa, había poseído un magnetismo único que lo había hecho irresistible. «Como Marco». En el caso de su padre, aquello había dado pie a una serie de infidelidades que le había roto el corazón a su madre.

Ella se había prometido mantenerse lejos de aquel mundo y, sin embargo, allí estaba.

Tragó saliva de manera compulsiva mientras el gerente se inclinaba hacia ella y sonreía. Cass se recordó que aquello era una buena causa, y que iba a permitirle comprar un billete de avión para su madrina.

—Espero que le guste la velada, *signorina* –le deseó el gerente.

–Seguro que sí –mintió Cass.

El hotel era muy bonito. Estaba situado en una de las calles principales de Roma y era un lugar tan discreto como las etiquetas que marcaban la talla en un vestido de diseñador. A esas alturas del día, Cass sabía mucho de vestidos de diseñador, ya que había pasado la mañana en el taller de uno especializado en «el estilo de vestidos que le gustaba al *signor* Di Fivizzano».

Allí le habían tomado medidas para después preparar una *toile* con la que crearían varios diseños.

El *signor* Di Fivizzano podría tener un estilo favorito de vestidos, pero ella había dejado claro desde el principio que no se sentía cómoda con aquel juego. No quería grandes escotes ni vestidos demasiado ajustados. No le importaba lo exclusiva que fuese la tela, el corte tenía que ser el adecuado para ella.

–Yo la dejo aquí –comentó el hombre de Marco, inclinándose levemente ante ella–. Tiene media hora para instalarse antes de que lleguen sus asistentes.

–¿Mis asistentes?

Demasiado tarde. El hombre de Marco ya se había marchado.

El gesto del gerente del hotel era profesional y Cass se preguntó qué pensaría de ella, vestida con aquel vestido viejo, con un estampado horrible...

–¿*Signorina*? –le dijo–. No han reparado en gastos. Tres peluqueras la atenderán en nuestra mejor suite.

¿Tres peluqueras? ¿Acaso tenía tres cabezas?

Subieron al ascensor y cuando volvieron a salir estaban en un vestíbulo decorado de manera discreta, en tonos pasteles.

–No tardarán en llegar –añadió el gerente, abriendo la puerta de la habitación haciendo una floritura.

La habitación era al menos dos veces la casa de su madrina. Las vistas eran increíbles, pero ella solo podía pensar en Marco. Le bastó con mirarse al espejo para saber que aquella noche iba a estar completamente fuera de lugar, y que Marco no tardaría en darse cuenta de su error. Hacía falta mucho más que un equipo de esteticistas para arreglar aquello. Necesitaba un milagro.

Además, había otra cosa, ¿qué hombre se gastaría tanto dinero en una mujer sin esperar nada más a cambio? Cass no tenía intención de coquetear con su jefe, quería mantener su trabajo...

Se sobresaltó al oír que llamaban a la puerta. La abrió y retrocedió para dejar pasar a todo el equipo.

–¿Dónde está? –preguntó un hombre con un tupé color lavanda mirando a su alrededor.

Ella se apoyó en la puerta, agobiada, imaginando todos los defectos que aquel hombre le iba a encontrar.

–¿Es usted la *signorina* Rich? –añadió él horrorizado.

–Me temo que sí –respondió ella sonriendo.

El hombre no sonrió. Arqueó las cejas cuidadosamente depiladas y se inclinó para examinarla mejor.

–Será mejor que empecemos cuanto antes –dijo, apretando los labios–. Tenemos mucho que hacer.

–¿Qué instrucciones tiene exactamente? –le preguntó ella, mirando a su alrededor con nerviosismo mientras las esteticistas sacaban todos sus instrumentos de tortura.

El hombre del tupé lavanda consultó su teléfono.

–Haced lo que podáis con ella –ordenó.

Era evidente que Marco no esperaba mucho, pero eso le quitaba parte de la presión, así que Cass decidió resignarse a su destino.

Capítulo 5

LA GRAN revelación! Venga, cariño, intenta poner buena cara –le rogó el del tupé lavanda, que Cass ya sabía que se llamaba Quentin–. El trabajo de todas estas personas depende de que tú causes una buena impresión en la fiesta. Y, créeme, esta noche se han ganado bien el sueldo.

Cass se echó a reír mientras Quentin la agarraba de las manos. Sorprendentemente, este había conseguido relajarla y había resultado ser muy divertido. La había ayudado a sentirse segura de sí misma. Era una de esas ocasiones en las que se había equivocado con la primera impresión, Quentin había resultado ser algo así como un hada madrina sacada de un cuento.

–Estás preciosa –le dijo este.

–No sé por qué, pero no te creo –respondió ella haciendo una mueca.

–Nigel. Un espejo, por favor.

La habitación se quedó en silencio mientras Cass se tambaleaba.

–¿Y bien? Di algo, querida.

Cass no podía hablar. Estaba demasiado emocionada. Durante años, había intentado apartarse lo máximo posible de su pasado, pero en esos momentos, al mirarse al espejo, no se vio a sí misma, sino que vio a su madre. ¿Se habría sentido ella así también? ¿Como un pollo antes de un banquete? Sí recordaba que su madre había intentado desesperadamente mantener el interés de su padre, y para ello había tenido que competir con mujeres mucho más jóvenes. Debía de haberse sentido impotente...

–¿Cariño? –le preguntó Quentin–. ¿Estás bien?

–Estoy bien –respondió ella, alzando la barbilla y sonriendo–. No sé cómo daros las gracias.

Avergonzada y sorprendida, vio que todo el mundo se ponía a aplaudir.

–La verdad es que no ha sido fácil –admitió Quentin suspirando–, pero el resultado demuestra que somos unos genios.

¿Dónde demonios estaba Cassandra? Ya la había esperado suficiente. Se miró el reloj y luego miró hacia la puerta. El evento se celebraba en su ático del centro de Roma e iban a asistir cien personas cuidadosamente seleccionadas. Se iba a recoger mucho dinero y todo tenía que ser perfecto. Así que Cassandra no podía llegar tarde. No faltaba mucho para la cena y él no podía tener una silla vacía a su lado.

Marco se tranquilizó al verla entrar. Todo el mundo dejó de hablar y se giró a mirarla. A Marco se le quedó la mente en blanco. Estaba preciosa. La vio sonreír de manera encantadora y le extrañó, estaba acostumbrada a verla cubierta de barro.

Cass clavó la vista en él y volvió a sonreír, pero Marco se dio cuenta de que había cautela en su mirada. No se sentía cómoda allí, pero era una buena

actriz y avanzó con aparente confianza. Solo él se
había dado cuenta de que había dudado antes de dar el
primer paso. ¿Por qué estaba sola? ¿Dónde estaba su
gente?

De repente, se sintió protector, y contuvo la respiración mientras ella se acercaba. Entonces pensó que Cassandra no necesitaba que nadie la escoltase, y que podía
llamar la atención de todo el mundo sin realizar ningún
esfuerzo.

—Por fin has llegado —le dijo sin más cuando se
detuvo delante de él.

—Buenas noches a ti también —murmuró ella, alargando la mano—. No he podido darme más prisa. Me
temo que he causado a las esteticistas más problemas
de los que imaginaban.

—Lo dudo.

—Siento haberte hecho esperar —añadió Cass—. Una
transformación así lleva mucho tiempo. ¿Me das tu
aprobación?

—Estás bien —respondió Marco.

Estaba increíble, como una reina, como una diosa.
Y todo el mundo se había dado cuenta.

—¿Seguro?

—Quentin no te habría dejado marchar de no ser así.

Aquello la hizo reír.

—Supongo que tienes razón.

El vestido era vaporoso, de color azul, y realzaba
su figura. Era perfecto para Cassandra. El color realzaba sus ojos y, si bien el escote podía haber sido un
poco más amplio, insinuaba sin revelar todos los teso-
ros que había debajo de la tela.

Y su pelo. ¡Qué pelo! Le caía hasta la cintura y

brillaba como una capa dorada, ondulada, sobre la espalda desnuda. Porque el escote delantero no era amplio, pero el de la espalda le llegaba prácticamente a la curva del trasero.

−¿Nos sentamos? −le sugirió, sintiendo que tenía que apartarla de las miradas hambrientas de los demás hombres.

−¿Por qué no?

«¿Por qué no? Porque habría preferido llevársela directamente a la cama».

Nunca había sufrido una tortura como la de aquella noche. La condujo hasta la mesa y la ayudó a sentarse. Estaba decidido a hacer que se sintiese cómoda. Tenía que estar relajada si quería seducirla.

Había contratado a los mejores cocineros de Roma y la comida estaba deliciosa. Cassandra empezó comiendo poco, pero él la tentó hasta que lo miró a los ojos y sonrió. Después de aquello, se relajó y empezó a comer más. Y fue encantadora con sus invitados. Nunca había tenido una acompañante así. Estaba acostumbrado a que esperasen a que fuese él quién iniciase la conversación, o a que les presentase él al resto de comensales. Cassandra derrochó encanto natural y todo el mundo, desde el diplomático más almidonado al aristócrata más altivo, sucumbieron a su hechizo.

−Casi no has comido −le dijo Cass hacia el final de la cena.

−He estado demasiado ocupado observándote −admitió.

Ella se ruborizó y luego se giró a responder la pregunta que le había hecho la persona que tenía al otro lado.

Marco la estaba mirando de un modo que hacía que desease algo más que irse a dormir. Le costó recordar que en realidad no era su acompañante, que solo estaba allí para llenar una silla vacía. No obstante, todavía le parecía increíble estar allí.

–¿Quieres bailar?

–¿Qué?

–¿Que si te apetece bailar? –repitió Marco–. Más concretamente, ¿te apetece bailar conmigo?

¿Bailar con Marco di Fivizzano? ¿Acaso estaba loca? Tenía dos pies izquierdos y el ritmo de un rinoceronte. Tuvo que cambiar rápidamente de expresión al darse cuenta de que se había quedado boquiabierta.

–¿Bailamos? –insistió él–. Solo quedamos nosotros en la mesa.

–¿Y te preocupa que la gente hable si no bailas conmigo?

Él sonrió de medio lado y arqueó las cejas.

Así que no, no le preocupaba lo que pensase nadie. A ella, por su parte, sí que le preocupaba. No le importaba charlar con sus invitados, pero hacer algo más...

Se preguntó qué pensaría su madre si la viese allí.

–Dime que sí –le recomendó Marco, interrumpiendo sus pensamientos.

Ella se dio cuenta de que, si se quedaba allí sentada, todo el mundo se daría cuenta, y estaban en un acto benéfico. Así que se levantó y caminó como si estuviese en un sueño. Y cuando llegaron a la pista de baile y Marco la tocó, pensó que iba a desmayarse.

«No seas ridícula», se reprendió con firmeza. Fue una sensación increíble, pero tenía que pensar que aquello era un trabajo, nada más.

–Relájate –le susurró él al oído, riendo–. No puedo bailar con una tabla.

–Y yo no puedo bailar contigo.

No podía, no debía bailar con un hombre que hacía que se sintiese así. Iba a tropezarse con el vestido, o pisarlo...

–Yo te llevaré –murmuró él.

Un segundo después su cuerpo se pegó al de ella y pronto se vio enamorada por la música, enamorada por él. Se apretó contra su fuerte cuerpo y dejó que la sedujese mientras la melodía la relajaba y le hacía pensar en los días felices que iba a pasar en la Toscana. No le costó ningún esfuerzo bailar con él. La música italiana era fascinante...

–Bailas bien –le dijo Marco–. Deberías bailar más.

Ella se estremeció de la emoción, pero ¿con quién iba a bailar? Con él, seguro que no. Jamás volvería a bailar con otro hombre porque estaba segura de que, después de aquello, se llevaría una decepción.

Aquella estaba siendo una noche mágica, una ocasión mágica, y Cass decidió aprovecharla al máximo porque no volvería a repetirse.

Entonces, uno de los mecenas los interrumpió.

–Sería muy egoísta por mi parte tenerte solo para mí –le dijo Marco a Cass–. ¿Te importa si te permito bailar con el embajador?

–¿Permitírmelo? ¿Tú? –respondió ella en voz baja.

Pero el embajador la había oído y se echó a reír.

–Me parece que esta joven te conoce muy bien,

Marco. Y tienes razón, querida. Tú decides con quién bailas.

–En ese caso, estaré encantada de bailar con usted –respondió Cass.

Empezó a bailar con el embajador y se dio cuenta de que Marco la observaba. Tal vez no fuese sensato, pero le gustaba la sensación.

La había dejado bailar con el embajador, pero a regañadientes. Echaba de menos tener a Cassandra entre sus brazos. Echaba de menos el calor de su suave cuerpo contra el de él.

Se recordó que iba a pagarle por estar allí. No tenía que confundir aquello con lo que no era, aunque no hubiese nada que le impidiese disfrutar de su compañía mientras estuviesen en Roma.

Toleró que el embajador, que era mayor, bailase con ella, pero cuando un hombre más joven se acercó a la pareja, Marco fue también a reclamarla.

–Discúlpenos, embajador –dijo–. Pero la subasta va a empezar.

–Lo comprendo –respondió el embajador–. Ya nos veremos en otra ocasión, espero.

–Sí –respondió Cassandra en tono encantador.

Una vez sentados de nuevo a la mesa, comentó:

–Hay algunos objetos maravillosos para la subasta.

«Por supuesto», pensó Marco. Eran todos objetos únicos y muy valiosos, ya que el objetivo era recaudar la mayor cantidad posible de dinero.

–¿Te gusta algo en especial? –le preguntó él, sabiendo que tendría que pujar por algo.

—La verdad es que sí.

—Dime.

—El cuadro del perro salchicha. Me encantaría llevárselo a mi madrina, pero no te preocupes, sé que debe de costar millones. Lo que sí es gratis es soñar.

Ambos sabían que las obras del artista David Hockney valían una fortuna. En parte, deseó que Cassandra pujase por la obra y se dijo que él la pagaría, pero se preguntó qué pensaría el resto del mundo de aquello.

Sin pensarlo, tomó su mano en un gesto cariñoso, nada habitual en él, pero es que Cassandra tenía algo...

Capítulo 6

LA SUBASTA se había terminado y todo el mundo se había levantado de la mesa. Cass miró a su alrededor y se dio cuenta de que las personas de más edad se habían marchado y que su papel se iba a complicar porque solo quedaban personas que no querían hablar con ella. No le había ofrecido sus servicios a nadie porque se había limitado a disfrutar de la compañía.

Vio a Marco al otro lado de la habitación y pensó que tal vez fuese un buen momento para pedirle que le presentase al resto de los invitados, pero en vez de ver al Marco atento y comprensivo de un rato antes, se encontró contra un muro, con el multimillonario distante, intocable y frío.

Varias personas pasaron por su lado como si no estuviese presente... Y Cass deseó no estar allí. Aquel era un mundo que había evitado y del que no quería formar parte, un mundo en el que las personas decían una cosa y hacían otra.

Fue hasta un rincón desde el que podía observar sin ser observada, y fue así como oyó a Marco decir:

—¿La chica del vestido azul, la que estaba sentada a mi lado en la cena? No es nadie.

Se quedó de piedra a pesar de saber que era verdad. No era nadie, sobre todo, en comparación con aquellas personas ricas e influyentes. Era una aficionada a la jardinería que estaba trabajando ese verano en la finca de Marco di Fivizzano. Cuando regresase a casa, volvería a dedicarse a organizar estanterías en un supermercado.

Oír decir aquello a Marco la ayudó a recordar que no tenía nada que ver con aquellas personas.

Pero entonces salió su parte más rebelde. Aunque Marco tuviese razón, no tenía que haber dicho aquello delante de sus invitados. ¿Cómo se habría sentido él si lo hubiese despreciado en público?

Se movió entre los invitados sin atreverse a hablar con nadie, gracias a él. Entonces se encerró en el baño y miró a la extraña que había en el espejo, una mujer con pestañas falsas, con colorete en las mejillas... Una actriz haciendo un papel.

Exacto. Estaba haciendo un papel. Y, por lo tanto, podía hacerlo. Aunque no fuese nadie en comparación con un embajador o un príncipe, podría llevar la cabeza alta y volver a la fiesta a hacer lo que había ido a hacer allí.

Y lo hizo. Imaginó que el mismo conductor que la había llevado allí la devolvería a su hotel y, mientras tanto, mientras los últimos invitados empezaban a marcharse, ella se puso a recoger.

–¿Se puede saber qué estás haciendo?

Cass se quedó inmóvil al oír a Marco. Se enfadó. Los modales de Marco eran insoportables. ¿Por qué la había llevado allí? Trabajaba para él y no había ningún motivo para que no se pusiese a recoger la casa.

–¡Déjalo! –insistió él–. Hay personal contratado para hacer esto.

–¿Y los vas a hacer trabajar toda la noche? –inquirió ella.

–Por supuesto que no.

Lo último que había esperado era que Cass le replicase.

–Vendrán por la mañana –le informó con brusquedad.

Y hasta entonces estaban solos... los últimos invitados se habían marchado. Y el conductor de Marco no había aparecido.

–¿Por qué estás tan enfadada, Cassandra?

No estaba enfadada, pero acababa de darse cuenta de que estaba en una posición muy comprometida.

–¿Piensas que puedes insultarme y que no voy a sentir nada?

–¿Insultarte? ¿Por qué dices eso?

–Hablas a tus trabajadores como si fuesen robots programados para obedecerte. Me prometiste que me presentarías a tus invitados, pero no me has hecho caso en toda la noche. No estoy segura de por qué estoy aquí.

–Has tenido la oportunidad de conocer a muchas personas, tenías que haber vendido tu trabajo tú. Tenías a todo el mundo aquí.

–A todo tu mundo –puntualizó Cass–. Aunque se me diese bien presentarme, no querían conocerme. Tú habrías podido romper el hielo. ¿O no querías que nadie supiese que te habías traído a una jardinera a la fiesta?

–No seas ridícula. Además, has estado hablando

con el embajador. Los jardines de la embajada son preciosos. Ahí tenías una buena oportunidad.

–He charlado con el embajador porque me apetecía hacerlo. Es un hombre muy interesante. ¿Cómo iba a aprovecharme de eso? ¿Tenía que caerle bien para convencerlo después de que me diese trabajo?

–¿Por qué no? –le preguntó Marco–. En eso consiste crear una red de contactos.

–En ese caso, habría tenido que comportarme de manera calculadora, y eso no me gusta.

–Esa es tu opinión. También es posible ser agradable al mismo tiempo.

–¿De verdad?

–El embajador podría haberte mostrado otro mundo...

–¿Lo mismo que tú? –replicó ella–. Tal vez no quiera ver lo que hay en ese otro mundo, quizás ya lo sepa. El que no sabe lo que es ver ese mundo desde fuera eres tú, Marco.

–No sabes lo que estás diciendo, y estás muy equivocada.

–¿Sí? ¿Sabes lo que es que digan de ti que no eres nadie?

Marco se quedó de piedra.

–¿Quién ha dicho eso?

–¡Tú! ¿Es eso lo que piensas de todos tus trabajadores? ¿Que no somos nadie?

–No sé de qué estás hablando.

–Te he oído decirlo.

Él siguió en silencio, sorprendido.

–Uno de tus invitados te ha preguntado que quién era, y has dicho que no era nadie.

–Ah... –asintió él–. Deja que te explique. Estaba

hablando con el recaudador de fondos, que siempre está buscando nuevos mecenas.

–Y, por supuesto, yo no le soy de ninguna utilidad. No podría hacer nada que ayudase a tu organización benéfica, ¿verdad, Marco? ¿Y tú, qué haces? ¿Firmar cheques?

Marco tuvo que admitir que Cassandra tenía razón.

–Estoy seguro de que podrías hacer mucho, y si mi manera de decirle al recaudador que no te pidiese dinero te ha ofendido, lo siento. Aunque no deberías ser tan susceptible.

Ella se encogió de hombros. Le ardía el rostro. Quizás hubiese reaccionado de manera exagerada.

–Admito que no puedo aportar dinero a la organización, pero podría hacer otras cosas. Podría donar mi tiempo, por ejemplo.

–No me cabe la menor duda –respondió él, esbozando una sonrisa.

Y Cass se dio cuenta de que lo que la enfadaba era saber que procedían de dos mundos tan distintos. El mundo de Marco la asustaba porque ya lo había vivido y, aunque hubiesen pasado muchos años, había recuerdos que no se borraban nunca.

Y estaba segura de que Marco también tenía ese tipo de recuerdos, aunque nunca le hubiese hablado de ellos. ¿Por qué iba a hacerlo? Ella era solo una jardinera, una trabajadora, una marioneta.

–Debes de pensar que soy una idiota...

–En absoluto –la contradijo él con firmeza.

–Pero soy lo suficientemente ingenua como para permitir que me vistas como a una muñeca y esperar después que pases la velada conmigo.

–Eres una mujer muy directa –comentó Marco, divertido.

–Sí.

–Y esta noche lo has hecho muy bien.

–¿Te estás burlando de mí?

–No –murmuró él, todavía sonriendo–. Te lo agradezco mucho. Nadie lo habría hecho tan bien. Y solo siento no haber hecho el esfuerzo de... romper el hielo por ti. Soy consciente de que a veces es difícil abrirse un hueco.

Cass sonrió también.

–Y, siendo justa, supongo que tus invitados tampoco habían venido esta noche a entrevistar a una jardinera.

–Tienes razón, tenía que haberlo pensado antes.

–Y yo.

–En ese caso, los dos nos hemos dejado llevar.

Marco la miró fijamente a los ojos.

–Sí –admitió Cass.

–¿Hacemos una tregua?

–De acuerdo.

Se dieron la mano y a Cass le encantó la sensación. Casi se sintió decepcionada cuando se soltaron.

–Tengo algo para ti –anunció Marco, girándose.

–Ya me has pagado más que suficiente –respondió ella, sorprendida, aunque contenta con la idea de recibir un obsequio, algo personal de Marco.

Lo conservaría siempre y le serviría para recordar aquella noche.

–¡Oh, Dios mío! –exclamó–. ¿Qué has hecho?

–Permíteme, solo por esta vez, que cumpla el sueño de alguien.

Ella miró el cuadro del perro sorprendida.

—Pero debe de haberte costado una fortuna.

—A pesar de lo que pienses de mí, valoro las cosas no solo por su valor económico. Has dicho que te gustaba para tu madrina. Ahora ya puedes regalárselo.

—No puedo aceptarlo —protestó Cass.

—No es para ti, sino para ella. Tienes que aceptarlo —insistió Marco.

—No sé qué decir.

—Yo sí. Que debe de ser una mujer muy especial.

—Lo es.

Marco seguía mirándola y parecía pensativo. Cass, por su parte, estaba hecha un lío. Pasaron varios segundos muy tensos y entonces, justo cuando había encontrado las palabras para rechazar el regalo de manera educada, Marco la tomó entre sus brazos y la besó.

Ella se resistió un instante, sorprendida, antes de que su cuerpo anulase a su mente. Aquella explosión de sentimientos y excitación era la mejor manera de terminar una discusión. Marco olía y sabía muy bien. Y Cass nunca se había sentido igual. Estar entre sus brazos, pegada a su musculoso pecho, era una sensación imposible de describir con palabras.

Se apartó de él y, de puntillas, empezó a quitarle la chaqueta porque necesitaba sentirlo más cerca.

Él la besó en el hombro, pasó la lengua por su piel, se la mordisqueó y le raspó el cuello con la barba. Ella rio y lloró al mismo tiempo mientras lo desnudaba. Le había abierto la camisa y dio un grito al ver su poderoso pecho, fuerte y bronceado, todo suyo.

Mientras lo acariciaba, Marco tomó sus pechos con ambas manos y después le arrancó el vestido.

Cass se quedó solo con la ropa interior, de color carne, que revelaba cada curva de su cuerpo al más mínimo detalle. Ella bajó la vista hacia sus pechos henchidos, hacia el interior de sus piernas, caliente y húmedo. Si hubiese fantaseado con aquel momento, se habría imaginado insegura, estando desnuda ante un amante tan sofisticado, pero el deseo en la mirada de Marco y las caricias de sus manos le dieron seguridad.

–Voy a darte placer –rugió él, mirándola a los ojos–. Y voy a hacer que me supliques que te dé todavía más.

–Bien.

Marco se echó a reír ante aquella respuesta tan directa.

Y ella pensó que podía reír lo que quisiese, porque no iba a ser precisamente dócil con él.

Le quitó la camisa y la dejó caer al suelo. Luego se entretuvo desabrochándole el cinturón y los pantalones. Mantuvo la mirada allí mientras le bajaba los calzoncillos de seda negra y le agarró el trasero con ambas manos, disfrutando de la sensación, antes de estudiar su erección. Era grande y suave y se erguía casi en perpendicular al resto de su cuerpo. Cass deseó tenerla dentro, pero Marco no tenía prisa. La agarró de las muñecas y se las puso detrás de la espalda, las sujetó con una mano y utilizó la otra para acariciarla. Luego, rasgó el envoltorio de un preservativo con los dientes mientras seguía mirándola a los ojos. Cass se dio cuenta de que la espera formaba parte de los preliminares, y tuvo que admitir que la estaba excitando todavía más.

Marco le acarició los pechos y jugo con sus pezones hasta que Cass pensó que se iba a volver loca. Él mantenía un espacio entre ambos, si bien permitía que sintiese el roce de su erección, pero este era demasiado suave. Y sus manos no se quedaban en el mismo sitio el tiempo suficiente como para satisfacerla. Además, no dejaba de sonreírle, como si fuese consciente de la frustración que le estaba haciendo sentir.

Cass no podía más, así que se zafó de él.

La pelea aumentó de intensidad. Ambos estaban decididos a tener el control y, si bien Cass sabía que no podía con él, le divirtió y le excitó intentarlo.

–Te encanta –le dijo él.

Y tenía razón, aunque Cass no lo iba a admitir. La expresión de Marco, su sonrisa pícara, sus dientes blancos... le encantaba todo de él.

–¿Crees que puedes conmigo?

–Sé que puedo contigo.

Cass se estremeció al notar su mano bajo el sujetador. Por un instante, pensó que se lo iba a arrancar, pero Marco la hizo esperar todavía más. Le acarició los pechos con delicadeza y sonrió al oírla gemir con frustración. Entonces, cuando menos se lo esperaba, le rasgó el sujetador y la miró triunfante al oírla gritar. Luego se lo quitó antes de dedicar toda la atención a sus pechos.

Ella se limitó a respirar y a existir mientras Marco la acariciaba. No podía hacer más. No solo porque la estuviese sujetando mientras le daba placer, sino porque no se quería mover. ¿Por qué iba a resistirse al placer? ¿Qué había mejor que relajarse ante semejante situación y disfrutar de ella?

Gimió de placer cuando le pellizcó los pezones y respiró aliviada al notar que por fin bajaba a la cinturilla del tanga que llevaba puesto. Aunque tenía que haberse imaginado que también iba a jugar con él. Pasó la mano por el encaje que rodeaba su cintura y metió los dedos por la cinta que recorría su trasero antes de pasar la mano entre sus muslos.

–¿Quieres más? –le preguntó entonces, mirándola a los ojos con malicia.

Ella balbució algo incomprensible y, como respuesta, él la acarició suavemente. Cass gimió con frustración y arqueó la espalda para pegarse a su mano mientras se frotaba descaradamente, buscando más contacto, más placer...

–Tienes que decirme lo que quieres, Cassandra.

–A ti –respondió, mirándolo a los ojos–. Te quiero a ti.

–¿Y dónde me quieres? –le preguntó él tranquilamente.

–Muy dentro de mí.

Todavía no había terminado de hablar cuando Marco le puso ambos brazos sobre la cabeza y la apoyó contra la pared, sujetándola allí con el peso de su cuerpo. Luego la sujetó por el trasero y la alentó a levantar las piernas y abrazarlo por la cintura lo más fuerte posible. Ella lo hizo de buen gusto. Tenía a Marco bien sujeto y no iba a permitir que se fuese a ninguna parte.

Pasó los dedos por su pelo negro, grueso, y acercó los labios, pero él se negó a besarla.

Cass creyó saber el motivo. Marco no quería que

ella cerrase los ojos. Quería ver lo que sentía reflejado en ellos cuando la penetrase por primera vez. Ella quería lo mismo. Deseaba ver cómo respondía Marco tanto como él.

Capítulo 7

AHORA? –sugirió Marco suavemente, sonriendo de medio lado, como si le estuviese tomando el pelo.

Antes de que a Cass le diese tiempo a responder, la penetró despacio, pero con firmeza.

–Estás tan tensa... tan húmeda –murmuró con apreciación mientras ella gemía agradecida.

Marco la estaba acariciando al mismo tiempo y Cass sintió que estaba al borde del clímax cuando él se apartó. Ella protestó y lo agarró con fuerza por los hombros, y notó que la volvía a penetrar. No pudo aguantar más. Violentas olas de placer invadieron todo su cuerpo. Sin esperar a que se recuperase, Marco la llevó en brazos hasta el sofá y allí se tumbó sobre ella e hizo que colocase las piernas en sus hombros.

Pasaron toda la noche haciendo el amor por todo el ático. Lo hicieron de manera desesperada, intensa, e incluso divertida, en todas las superficies de la casa. El apetito que tenían el uno por el otro era insaciable, y cuando por fin se quedó dormida en la cama de Marco, lo hizo con una sonrisa de felicidad en los labios. Nunca se había sentido tan bien.

Marco se despertó al amanecer y, como siempre, en lo primero que pensó fue en su trabajo. Salió de la cama y miró a Cassandra, que estaba profundamente dormida. Se había mostrado tan entusiasmada con el sexo como él había imaginado, pero eso iba a ser todo.

Su propia madre había vivido una mentira por estar con un hombre rico, y él no iba a cometer el mismo error. El hombre al que él había considerado su padre era un hombre al que su madre había engañado para que se casase con ella y así tener dinero y un padre para su futuro hijo.

Se dio una ducha y fue a vestirse. Cuando terminó, Cassandra se acababa de despertar y se estaba desperezando en la cama, desnuda y lozana, saciada después de la noche anterior.

–Marco... –lo llamó, alargando una mano como si aquel sencillo gesto le estuviese costando un gran esfuerzo–. Vuelve a la cama...

Él frunció el ceño y entonces se dio cuenta de que tendría que decirle algo si no quería parecer un desconsiderado, pero no iba a poder darle el cariño y la seguridad que Cassandra parecía estar pidiendo.

–Lo de anoche fue estupendo, *cara*...

Se acercó a la cama y le dio un beso en la mejilla.

–Pero ahora tengo que marcharme.

Se apartó, pero se detuvo en la puerta.

–Te he dejado el dinero encima de la mesa del recibidor...

¿El dinero?

A Cassandra le costó asimilar lo que Marco acababa de decir, y entonces recordó que iba a pagarla por haberse sentado a su lado durante la cena del día anterior, y que con ese dinero iba a comprar un billete para que su madrina hiciese el viaje de sus sueños.

No obstante, aquello no le hizo sentirse mejor. Se sentó en la cama, se abrazó y deseó que fuese Marco el que la abrazase y la tranquilizase. Había querido decirle lo mucho que la noche anterior había significado para ella, pero en esos momentos...

Salió como pudo de la cama, llevándose la sábana con ella para taparse, se acercó a la ventana y vio cómo Marco salía del edificio y se subía al coche. Se sintió vacía por dentro. En la vida de Marco, sin embargo, no había interrupciones. Quería sexo, tenía sexo. Quería el coche, le llevaban el coche a la puerta. Era multimillonario y tenía una agenda muy apretada. No había lugar a ternura ni a humor, salvo que estuviese en modo seductor.

Cegada por las lágrimas, se dio la media vuelta. Estaba furiosa consigo misma por haber sido tan estúpida. La noche anterior había sido especial para ella, y había pensado que también había significado algo para él.

Se dio una buena ducha, pensando que así dejaría de temblar. Sentía frío en los huesos, y náuseas solo de pensar que Marco no la había tratado mucho mejor que a una prostituta. Después de haber pagado por sus servicios, la había ignorado durante la velada y solo le había prestado atención después. Entonces sí que se había interesado por ella, y mucho. Aunque la culpa había sido suya por haber permitido que ocurriese.

Dejó el vestido de la noche anterior tirado en el suelo y se puso la misma ropa con la que había llegado a Roma. Por suerte, alguien había hecho que llevasen sus cosas del hotel al ático de Marco. Se recogió el pelo y no se molestó en maquillarse. ¿Para qué? ¿Quién iba a fijarse? Tomó su teléfono y buscó vuelos para volver a Inglaterra. Después, llamó a un taxi para ir al aeropuerto. Tenía dinero suficiente para volver a casa, y quedarse allí no tenía sentido, sobre todo, siendo Marco quien ponía las condiciones.

Solo de pensarlo se enfadó tanto que tuvo que contener las lágrimas. Nunca había sido una víctima y no iba a empezar en esos momentos. Cuando las cosas iban mal, hacía algo al respecto.

Cuando el taxista la avisó de que había llegado, Cass miró a su alrededor por primera vez para comprobar que lo llevaba todo y se quedó inmóvil al ver el cheque de Marco encima de la mesa. Lo tomó y miró la cantidad. Estudió la letra de Marco, su firma. No entendía que le hubiese ofrecido aquella cantidad, era ridículo, ni cómo podía haberla aceptado ella. Era dinero suficiente para que su madrina diese una vuelta al mundo en primera clase. Una segunda llamada del taxista la distrajo.

–Ya bajo –respondió.

–Cassandra... ¿Cassandra?

Marco miró a su alrededor, el ático estaba vacío. ¿Adónde había ido Cassandra? Había esperado que lo recibiese con una sonrisa, y mucho más. ¿Seguiría en la cama? Se excitó solo de pensarlo.

Pero la emoción no le duró mucho. El dormitorio estaba vacío, la cama hecha. Llamó a la puerta del cuarto de baño...

Nada.

Pero abrió la puerta para comprobar que estaba vacío.

Buscó por todas partes, pero solo encontró silencio. Cassandra no estaba allí. No había ropa en el suelo ni nada fuera de su sitio. Ni siquiera una nota para informarle de adónde había ido. Y estaba seguro de haberle dicho que lo esperase allí. Fue hasta la mesa en la que le había dejado el cheque, que seguía allí.

Pensó en llamarla por teléfono, pero cambió de opinión. Debía de haberse ido al hotel, así que llamó allí, pero el recepcionista le informó de que la *signorina* Rich había pasado a recoger el pasaporte antes de ir al aeropuerto.

¿Se había marchado?

Marco rio con incredulidad. Tal vez fuese mejor así. La deseaba demasiado.

Pero se había ido.

Y él era su jefe. No podía marcharse así.

Atravesó la habitación y tomó el cheque, lo arrugó con la mano y llamó a su secretaria.

—Encuéntrala.

—Sí, señor.

Colgó con fuerza y se negó a aceptar que una parte de él no pudiese dejar marchar a Cassandra.

Cass se aseguró de que no fuese fácil encontrarla. Su experiencia en la Toscana la había dejado herida. La habían comprado y pagado como a su madre, y no quería correr la misma suerte que esta. Nadie mejor que ella sabía que romper con el pasado era la única manera de seguir adelante. Ella no era la persona que había estado en Roma. O, más bien, aquella no era la persona que ella quería ser. Ella era Cass, ni más ni menos, no una mujer sofisticada, con una vida sexual desenfrenada, que pasaba la noche con el jefe para tenerlo contento.

Pero no todo era miseria y desolación. Su madrina había viajado a Australia a ver a su hijo, que le había pagado el billete y, tal y como Cass le había recomendado, había alquilado su casa para conseguir así algo de dinero extra.

Así que Cass tenía la oportunidad de empezar de cero en otro lugar. Consiguió trabajo en otro supermercado, lo que le dio dinero suficiente para alquilar una casa pequeña en un pueblo cercano. Era una casa minúscula, pero le encantaba. Además, había puesto un anuncio en la prensa local ofreciendo sus servicios como jardinera y, sorprendentemente, la habían llamado. Así que estaba tan ocupada que casi no tenía tiempo para pensar, hasta que un día se desmayó mientras trabajaba, y una señora mayor le preguntó si no estaría embarazada...

—No. Por supuesto que no —protestó ella, riendo solo de pensarlo—. ¿Por qué dice eso?

—Porque una chica fuerte y sana como tú no tendría por qué desmayarse, salvo que estés enferma, cosa que dudo. Yo he tenido seis hijos —le confesó la señora—, y conozco las señales.

—Estoy segura de que se equivoca...

No obstante, nada más salir del supermercado, fue a una farmacia a comprar un test de embarazo.

Ya en casa, miró el resultado con incredulidad. La marca azul no se borraba, pero Marco había utilizado protección. ¿Cómo era posible?

El prospecto del test de embarazo advertía que ningún método anticonceptivo era efectivo al cien por cien.

Y tenía razón.

—¿Una llamada de la *signorina* Rich?

Marco apoyó la espalda en su sillón de piel y observó las vistas de Roma desde su despacho. Su secretaria sabía que no debía interrumpirlo salvo que fuese por un motivo importante, así que Cassandra debía de haber montado un escándalo. La echaba de menos, pero como se había marchado sin decir palabra, para él estaba el tema zanjado. ¿Cuánto tiempo había pasado desde entonces? ¿Casi tres meses? ¿Por qué lo llamaba al trabajo? ¿Habría cambiado de opinión acerca del cheque?

—Tengo una reunión a las diez en punto —replicó, frunciendo el ceño.

Respiró hondo e intentó asimilar que Cassandra había vuelto a su vida y quería hablar con él. Se quedó pensativo y decidió que cuando algo se terminaba, se terminaba, al menos, para él.

—Dile a la señorita Rich que estoy ocupado, pero que, si quiere, puedo enviarle su cheque.

Pasó el resto del día pensando en ella y también en el pasado. No pudo evitar recordar aquella víspera de Navidad en la que el hombre al que llamaba papá los había echado a la calle a su madre y a él, sin dinero y sin decirles adiós.

Aquel había sido el precio de la traición. Y Marco se había sentido todavía más desilusionado cuando su madre le había explicado que su papá no era en realidad su padre.

Después de aquello, su madre había empezado a beber y había dejado de ocuparse de él.

Cuando falleció, Marco había ofrecido su ayuda en restaurantes a cambio de comida, había trabajado llevando carros de leña a personas ricas. Y se había prometido a sí mismo que algún día estudiaría y sería rico.

¿Y Cassandra?

Ella también había sufrido en su niñez, también era una superviviente.

Frunció el ceño con impaciencia y volvió a su trabajo diciéndose que no iba a permitir que Cassandra lo distrajese. No confiaba en nadie ni hablaba de su pasado con nadie. Nunca lo había hecho. No podía permitir que todo aquello lo molestase. Cassandra no debía volver a llamar.

–Su cita de las diez está aquí, señor...

–Gracias, que entre.

Se olvidó de Cassandra Rich y se concentró en el trabajo, que nunca lo había decepcionado.

El tiempo pasaba y Marco seguía negándose a aceptar sus llamadas. Pronto se notaría que estaba embarazada y se lo tenía que contar. Sí había hablado con su madrina, que seguía en Australia, y esta había compartido su felicidad. Le había preguntado quién era el padre, y cuando Cass le había informado de que iba a tener al niño sola, su madrina le había ofrecido inmediatamente volver con ella a casa. Ella había insistido en que no era necesario y la había animado a disfrutar de su hijo. Cass tenía amigos, y una buena atención médica, y le había prometido ir contándole cualquier novedad.

No había querido contarle a su madrina que Marco se negaba a hablar con ella, pero no desistió en el intento y, aquella mañana, volvió a intentarlo a pesar de estar cansada de que la misma secretaria le respondiese siempre que el señor di Fivizzano estaba ocupado y que no podía atenderla.

Miró el teléfono y se dio cuenta de que faltaban diez minutos para que se terminase la hora de la comida. Había llamado a Marco a distintas horas con la esperanza de que, en algún momento, le pasasen la llamada sin más. Todavía no podía creer que fuese tan frío.

Decidió marcar y volvió a contestar la misma secretaria de siempre, que le dio la misma respuesta de siempre.

–Disculpe... ¿dice que el señor di Fivizzano está demasiado ocupado para hablar conmigo?

–Es eso, *signorina*, lo siento...

–Pues no estaba demasiado ocupado para acostarse conmigo, ni para dejarme embarazada. ¿Le importaría decirle eso? Gracias –se despidió educadamente antes de colgar.

Luego levantó la barbilla. La suerte estaba echada. No quería nada material de él, pero era su obligación informarle. De él dependía su siguiente paso. Ella estaba segura de hacer todo lo que pudiese por darle el mejor futuro a su hijo.

Marco no dijo nada mientras su secretaria, colorada, le repitió la conversación que había mantenido con Cassandra.

–Gracias –respondió, sin revelar su agitación interior.

¿Embarazada?

¿La había dejado embarazada?

¿Cómo era posible, si siempre tenía cuidado?

¿Lo había tenido aquella noche? ¿Habría perdido el control por primera vez desde que era adulto... por Cassandra?

Él nunca perdía el control. De eso estaba seguro. No obstante, ¿había sido tan meticuloso como lo era normalmente con el uso de la protección? Habían hecho el amor tantas veces que era difícil estar seguro. Ambos se habían dejado llevar por el deseo y la pasión. Para Marco había sido una experiencia incomparable, por eso no había entendido que Cassandra se hubiese marchado así, sin darle ninguna explicación.

Pero entonces se dijo que no era la primera vez que alguien utilizaba aquel truco, que una mujer lloraba y le decía que estaba embarazada cuando no era verdad. Nunca había dejado embarazada a ninguna, todas habían intentado engañarlo.

¿Era Cassandra una más?

Él no quería tener hijos. Cómo iba a quererlos, teniendo en cuenta su historia.

Había aprendido a no tener sentimientos. Desde que se había enterado de que había sido un niño no deseado, había aprendido a que no le importase. Y llevaba demasiado tiempo siendo así como para cambiar. Un hijo necesitaba más. Un hijo lo necesitaba todo.

Tal vez Cassandra hubiese hecho aquello para asegurarse una manutención, como otras mujeres, como su propia madre, pero ¿era él el padre de ese niño? ¿Cómo podía saberlo?

No podía aguantar aquello. Cassandra estaba interfiriendo en su vida. Tenía que llamarla y hablar con ella.

Fue entonces cuando descubrió que había cambiado de teléfono. Y pensó que Cassandra era diferente a todas las demás. ¿Cómo se le podía haber olvidado tan pronto?

Intentó recordar lo que sabía de ella. No era débil. No era codiciosa. Nunca le había pedido nada. Era él quién había insistido en comprarle el vestido, el cuadro, y quien había hecho el cheque.

Llamó al equipo de seguridad de la empresa y pidió que Cassandra estuviese vigilada día y noche.

Capítulo 8

HABÍA desistido de hablar con Marco. Si volvían a verse, sería ella la que pondría las condiciones. Tal vez no tuviese su dinero y su poder, pero no iba a aceptar un comportamiento tan insultante de un hombre que, al parecer, se negaba a creer que estaba esperando un hijo suyo.

No era fácil ser una futura madre soltera sin dinero, pero la situación le enseñó muchas cosas, cosas que jamás había esperado aprender, cosas acerca de su madre, por ejemplo. Comprendió que esta se hubiese refugiado en las drogas, y que hubiese hecho todo lo posible por llamar la atención de un hombre que ya no la quería.

Cass había aprendido aquellas lecciones del pasado y podía cuidarse sola, estaba segura. Con la ecografía del bebé en la mano, se dijo que cerraría su corazón a Marco di Fivizzano si así podía criar a su hijo sin culpa ni dolor. Y si Marco era un ejemplo de cómo vivían los ricos y famosos, ella se alegraba de ser pobre, de no ser nadie.

De lo que no se alegraba era de sentir náuseas otra vez...

Se apoyó en la pared y contuvo las ganas de vomitar. El médico le había dicho que pronto se le pasaría.

Y Cass estaba deseando que ocurriese. Estaba acostumbrada a estar sana y tener energía, pero últimamente se sentía agotada ya desde por la mañana y aquel día las náuseas eran todavía más fuertes de lo normal. Estaba pálida, pensó mientras se miraba en el espejo del cuarto de baño, tenía la piel de un tono gris verdoso y los ojos rojos. No estaba radiante, como se suponía que debía estar una embarazada, según las revistas. Estaba agotada y se sentía demasiado mal para ir a trabajar. Por suerte, su jefe era muy comprensivo. Al menos, por el momento. Así que ella iba a intentar aguantar y comer sano, si es que podía comer.

Era por una buena causa, se dijo con firmeza mientras pasaba por la cocina a por algo de comer antes de volver a la cama. Tomó el teléfono para preguntarle a su jefe si podía cambiar de turno, y volvió a meterse debajo del edredón a esperar a que se calmase su estómago.

Había llamado al piloto para que preparase el avión. Sus investigadores no lo habían defraudado, aunque su último informe lo había desconcertado. Que Cassandra se encontrase mal lo cambiaba todo. Había trabajado para él y eso hacía que tuviese una responsabilidad, independientemente de quién fuese el niño.

Que bien podía ser suyo.

Además, la echaba de menos. Frunció el ceño al admitirlo. ¿Se estaba ablandando?

No. Solo estaba haciendo lo que había que hacer, y era un trabajo que no podía delegar. Necesitaba ver con sus propios ojos lo que estaba ocurriendo. Según sus fuentes, Cassandra estaba llevando una vida ejemplar, y eso no le sorprendía, aunque sí que le alegraba. Teniendo en cuenta sus anteriores experiencias con las mujeres, era normal que hubiese pensado lo peor. Cuando naciese el bebé, harían una prueba de ADN. Necesitaba estar seguro antes de comprometerse más. Sacudió la cabeza y maldijo entre dientes. La historia se repetía. Por su culpa, iba a haber otro niño sujeto al escrutinio y a las sospechas, un niño que tal vez sería rechazado, para empezar, por él mismo.

Se detuvo delante de la puerta y comprobó la dirección. Llamó tres veces. Esperó y volvió a llamar.

La puerta se abrió y apareció ella. Marco se puso tenso y ella lo miró con incredulidad.

–¿Marco?

Él también estaba sorprendido, Cassandra parecía haber menguado en cuerpo y en espíritu. Había esperado encontrarse a la mujer fuerte que había conocido, pero aquella era una chica de aspecto frágil, desvalido. No era más que la sombra de su yo sano y bronceado. Su aspecto lo preocupó.

–¿Puedo entrar?

Ella retrocedió en silencio.

El interior de la casa estaba tan limpio como el exterior, era muy pequeña, pero funcional. A un lado de la habitación había una cocina, al otro, dos sofás viejos y un brasero encendido.

El brasero parecía nuevo, como si Cassandra hubiese hecho planes de ir comprando las cosas poco a poco. Una escalera estrecha conducía a lo que debían de ser, como mucho, dos dormitorios pequeños y un único baño. La puerta principal daba directamente a la calle y supuso que no había jardín. Y no había nada que indicase que era la casa de una ávida jardinera, las plantas que había en las ventanas se estaban marchitando.

—¿Por qué no me dijiste que estabas embarazada nada más enterarte?

—Lo intenté. Intenté ponerme en contacto contigo, pero no respondiste a mis llamadas.

—Tenías que haber venido a Roma.

Ella se echó a reír.

—Eso es muy fácil de decir, con un avión a tu disposición.

—Para empezar, no tenías que haberte marchado de Roma —argumentó él—, pero, además, podías haberme mandado un mensaje de texto, o una carta.

—No soy como tú. Necesitaba verte y oír tu voz antes de contarte que estaba embarazada. No podía informarte por escrito.

Marco apretó la mandíbula, Cassandra tenía razón.

—¿Cómo estás?

Lo estaba viendo, pero por una vez no encontraba las palabras, no sabía qué decir.

Ella se encogió de hombros.

—No tienes buen aspecto. Pareces agotada.

Había perdido demasiado peso.

—Estoy embarazada, Marco. ¿Quieres sentarte?

Ella se quedó de pie, tensa, guardando las distancias lo máximo posible.

—Gracias, pero no. Ya he estado mucho tiempo sentado en el avión y después en el coche que me ha traído hasta aquí.

—Siento haber interrumpido tu apretada agenda.

—No digas eso —le advirtió él.

—¿A qué has venido, Marco? ¿Qué quieres?

—He venido a verte. A ver cómo estás.

—¿No has querido hablar conmigo por teléfono y vienes aquí? ¿Cómo me has encontrado?

—Este pueblo no es precisamente grande.

—Supongo que has hecho que me investiguen —adivinó—. ¿Cómo te has atrevido?

—Te marchaste sin despedirte. ¿Te parece un comportamiento aceptable?

—Me pagaste. Solo me querías para el sexo.

—No es cierto —respondió Marco en voz baja.

No era el momento de examinar sus motivos, pero no la había querido solo por el sexo. Cassandra le hacía reír. Conseguía que se relajase. Hacía que se sintiese joven de nuevo cuando no recordaba haberse sentido joven nunca.

—Entonces, ¿para qué? —le preguntó ella—. Durante la cena benéfica en Roma casi ni me hablaste y después, cuando todo el mundo se marchó...

—Te me echaste encima.

—No es verdad.

—Sí. Bueno, saltamos el uno sobre el otro.

Ella apretó los labios, se puso colorada, pero no lo negó.

—¿Te apetece tomar algo? —le preguntó, sin atreverse a mirarlo a los ojos.

—¿Por qué no te pongo yo un vaso de agua mientras te sientas?

–Debería ser yo la que te sirviese algo –insistió Cass–. Después del viaje...

Se interrumpió al ver la expresión de Marco.

–Siéntate.

Y, a regañadientes, se sentó. No tenía opción. Estaba tambaleándose y tenía la sensación de que se iba a desmayar. Aquello era mucho peor de lo que había imaginado. Marco se giró hacia el fregadero y llenó un vaso de agua fría.

–No he venido de visita, Cassandra. He venido para llevarte conmigo a casa, a Roma.

–¿Qué has dicho?

–No puedes quedarte aquí.

Miró a su alrededor y cuando su vista volvió a ella se dio cuenta de que tenía las mejillas ardiendo. Sabía que él tenía razón, pero aquello no le resultaba fácil. Se sentía enferma y débil, y Marco dudó que pudiese trabajar en esas condiciones. ¿Cómo iba a cuidar de sí misma y, mucho más, de un bebé? Un bebé que podía ser suyo. Si existía la más mínima posibilidad de que fuese así, no podía dejarla allí. Y aunque no lo fuese, tampoco. Su madrina no estaba allí, así que Cassandra no tenía a quién recurrir.

–Haz una maleta pequeña –añadió–. Compraremos todo lo que necesites en Roma. Nos iremos en cuanto estés preparada.

–Todavía no te he dicho que sí –comentó ella, levantando la barbilla para desafiarlo.

–Pero vas a hacerlo –respondió Marco–. Si el bebé te importa, lo harás.

Cass siguió la mirada de Marco, que estaba clavada en sus plantas marchitas y se preguntó si este tenía razón. Se sentía como ellas, pero no era una persona que se rindiese fácilmente. Estaba embarazada de él, pero Marco no quería al niño y, no obstante, el pequeño merecía que le diesen todas las oportunidades posibles. ¿Debía marcharse con Marco por el bien del niño? ¿Se estaría comportando de manera egoísta si se quedaba allí?

–¿Necesitas que te ayude a hacer la maleta?

–No, gracias.

Frunció el ceño. No iba a permitir que la presionase. Siempre había soñado con tener una familia, pero una familia muy distinta de la suya. Supuso que aquel sueño era otro ejemplo de su ingenuidad. La vida no era tan sencilla, y no existía la familia ideal. Lo único que sabía era que lucharía con uñas y dientes por su hijo. Y si vivir rodeada de lujos resultaba no ser lo mejor para el bebé, volvería a casa.

–¿Adónde habías pensado llevarme? –le preguntó, pensando en la casa de la Toscana, imaginándose cuidando el jardín mientras esperaba a que el bebé naciese.

–Ya te lo he dicho, a Roma –repitió él con brusquedad, haciendo añicos su sueño–. Es donde están los mejores médicos. Vivirás en mi ático.

La expresión de Cassandra cambió.

–¿Qué? ¿Adónde habías pensado que iba a llevarte?

–Roma –murmuró ella, distraída.

¿Qué clase de vida podría llevar en Roma? ¿Estaría Marco con ella cuando naciese el bebé? ¿Y a qué se dedicaría ella hasta entonces? ¿Qué ocurriría después?

Tenía muchas dudas y se sentía débil. Llevaba días encontrándose mal y, si bien el médico le había prometido que se le pasarían las náuseas, pensó que no tendría fuerzas para arreglarse y seguir la vida social de Marco en Roma. Aunque tal vez este estuviese pensando más bien en tenerla escondida allí. No querría pasear a su amante embarazada delante de todo el mundo. Sobre todo, teniendo en cuenta que había sido su jardinera, una joven que no era nadie. Las personas con las que Marco socializaba en Roma esperarían verlo con una heredera, con una princesa o una famosa, como poco. No, lo que quería Marco era tenerla controlada, escondida de la prensa, de todo el mundo, y que no hablase de su encuentro. Quería encerrarla en el ático de Roma.

—¿Cassandra?

Ella lo miró, sorprendida.

—Avísame cuando quieras que baje la maleta.

—Espera —lo llamó ella, al ver que se daba la vuelta—. No voy a acompañarte. Antes, necesito pensármelo bien.

Él se pasó la mano por el pelo con frustración.

—¿Qué es lo tienes que pensar?

—Tengo que pensar en mi vida... y en la de mi bebé.

—¿Qué vida vas a darle al niño aquí? —replicó él.

—¿Y qué clase de vida voy a darle encerrada en tu ático de Roma? Que tú no seas capaz de imaginarte una niñez en un lugar que no sea un palacio, no quiere decir que no pueda estar bien.

Cegada por las lágrimas, se giró. Sabía que las hormonas del embarazo lo complicaban todo. Tal vez lo mejor fuese marcharse con él, al menos hasta que hubiese recuperado las fuerzas.

–Por favor, *cara*... por favor, intenta ser sensata y ven conmigo. No voy a encerrarte. Voy a tratarte como a una invitada.

–¿Una invitada?

Aquello le dolió.

–Tu vida es muy distinta de la mía.

–Es cierto –admitió Marco–, pero eso es algo que no puedo cambiar, ni siquiera por ti.

–Los paparazzi te siguen a todas partes, y yo no quiero eso para mí.

–Aprenderás a ignorarlos.

–Ya tengo bastante con aprender a ser madre.

–Eres una mujer a la que le gustan los retos, Cassandra.

–Pero es la primera vez que estoy embarazada.

Sus sentimientos eran tan fuertes, estaba tan confundida. Marco la estaba invitando a formar parte de su mundo, un mundo que siempre había querido evitar. Por otro lado, era el padre de su hijo. Y ella siempre había querido tener un hogar de verdad, una familia. Aunque eso no era lo que Marco le ofrecía. Le estaba ofreciendo una solución temporal, que haría que la ruptura, cuando llegase, fuese mucho más dura.

–Vas a necesitar ayuda, Cassandra, y lo sabes. ¿Qué es lo más importante en estos momentos, el niño o tú?

–El niño, por supuesto.

–En ese caso, no necesitas pensártelo más. Ven conmigo y todo irá bien. Te lo prometo.

–Espera a mañana por la mañana. Entonces te daré una respuesta.

No podía negarle a una mujer embarazada que pensase lo que iba a hacer, así que reservó una habitación de hotel. Cada vez se sentía más frustrado e impaciente con Cassandra, que se negaba a ceder terreno. Le había resultado más sencillo hacer fortuna que tratar con ella. Salir de las cloacas no le había exigido hacer tanto examen de conciencia.

No tardó en darse cuenta de que no podía esperar a la mañana siguiente.

–Ya te he dado una respuesta, Marco. Necesito más tiempo.

–Tonterías. Sabes lo que quieres. No eres una mujer indecisa, así que dime ya cuál es tu decisión.

Hubo un largo silencio y después Cass dijo por fin:

–Está bien. Admito que es probable que necesite un descanso, pero cuando se me pasen las náuseas, querré trabajar todo lo posible hasta que nazca el bebé. No puedo estar en Roma sin hacer nada. Si accedo a acompañarte, tendrás que permitir que busque trabajo, y no podrás interferir en eso. No quiero que me ayudes a encontrarlo, y no quiero tu dinero. Lo que sí acepto es que el bebé va a necesitar una madre más sana. Así que, si tu oferta sigue en pie, puedes pasar a recogerme mañana por la mañana, pero solo si aceptas mis condiciones.

¿Cassandra le estaba poniendo condiciones? Era la primera vez, después de tantos años como hombre de negocios, que no era él quien tenía la última palabra.

–Es lo que quiero, Marco. Tienes razón, no soy una mujer indecisa, y pienso que lo que te propongo es justo para ambos. No quiero vivir de ti, solo seré tu invitada una temporada.

Al ver que no respondía, le preguntó:

–¿Sigues ahí?

–Me has dejado sin palabras.

Ella ignoró su sarcasmo.

–¿Estás de acuerdo con mis condiciones?

La casa de Cassandra era pequeña, pero acogedora, y ella era una mujer desenvuelta. Si accedía a acompañarlo era porque no se encontraba nada bien.

Y con respecto a las condiciones, siempre eran negociables. La salud de Cassandra, no.

Capítulo 9

ESTABA segura de que lo había sopesado todo antes de marcharse a Roma, pero aquello era mucho peor de lo que había imaginado. Pasar de su pequeña casa al enorme e impersonal ático de Marco era como estar perdida en una isla desierta.

Nada más dejarla en él, Marco se había marchado. Se había pasado todo el vuelo trabajando, y había estado hablando por teléfono en la limusina. Cass supuso que tenía algún negocio importante entre manos, a juzgar por su discurso y por su adusta expresión. Solo habían hablado una vez durante el viaje, y en esos momentos volvía a haber entre ambos tanta distancia como al principio, entre un multimillonario y una jardinera a tiempo parcial.

Se sintió avergonzada al ver que el conductor dejaba su vieja maleta en el suelo de mármol del recibidor. Fue a recogerla, pero una empleada vestida de uniforme se le adelantó.

–Su habitación está preparada, *signorina*.

–Gracias.

Tuvo la sensación de que el pasillo giraba a su alrededor. Todo estaba ocurriendo demasiado deprisa. Siguió a la mujer hasta las habitaciones que serían su casa durante los siguientes meses.

¿Cómo podía haber accedido a aquello?, se preguntó mientras se acariciaba el estómago de manera protectora. Sabía que lo había hecho por su salud, pero, aun así, se sintió triste al mirar a su alrededor. Debía de parecer una desagradecida, pero lo cierto era que no necesitaba nada de aquello. Lo habría cambiado todo por poder hablar tranquilamente con Marco.

–Si necesita cualquier cosa, *signorina*...

–No, gracias.

Cass solo quería que la dejasen en paz.

–Si cambia de opinión, avíseme.

–Gracias –repitió, preguntándose qué pensaría el servicio de Marco de ella.

Supuso que nada. Debían de ver a muchas mujeres ir y venir sin ni siquiera dedicarles una palabra amable.

Cuando la puerta se cerró, Cassandra giró sobre sí misma. Todo era bonito, luminoso y muy espacioso, pero, en general, el ático de Marco parecía más una habitación de hotel que un hogar. Por allí pasaban personas, dormían, comían, pero no había ningún objeto personal. Nada hacía adivinar el tipo de hombre que vivía allí. Tal vez esa fuese la intención de Marco. Tenía fama de ser un hombre frío y distante.

«Aunque no en la cama».

Pero eso formaba parte del pasado. Estaba embarazada. Y él tenía dudas. Estaban en un *impasse* y, por el momento, no había nada que hacer al respecto.

La empleada le llevó una deliciosa ensalada y pan recién horneado para cenar. Cuando había sonado el teléfono un rato antes, Cass había corrido a responder, pero había resultado ser el chef de Marco, que quería preguntarle qué le apetecía comer y dónde iba a tomarlo. Ella le había contestado que prefería quedarse en su habitación. No se imaginaba sola en el salón ni en el comedor.

Después de picotear un poco, apartó la ensalada. Atravesó la habitación y abrió la puerta. Todo estaba en silencio, así que imaginó que el servicio se había marchado a casa. Tomó la bandeja y fue a dejarla a la cocina, y allí se encontró al cocinero y a la criada, cenando.

–Lo siento... No pretendía...

Ellos la miraron mientras retrocedía. La cocina era su territorio, no el de ella, y se lo hicieron saber con sus miradas hostiles. Aquello no tenía nada que ver con la finca de Marco en la Toscana, donde Maria siempre la había recibido amablemente en la cocina.

En Roma faltaba algo que Cass había encontrado en la cocina de Maria, corazón. Deseó poder estar en la Toscana, donde todo era más relajado y Maria y Giuseppe la trataban como si fuese de la familia.

Aunque sospechaba que Marco no podría vigilarla en la Toscana.

Se abrazó y volvió a su habitación. Tenía frío y se sentía perdida. Y estaba allí encerrada. Hasta que no se le pasasen las náuseas, no podría buscar trabajo.

La vista más allá de las ventanas, que iban del suelo al techo, parecía reflejar sus sentimientos. El cielo estaba gris y los grandes paneles de vidrio estaban salpicados de gotas de lluvia. Apoyó las manos en la superficie fría y miró a lo lejos, sabiendo que Marco estaba allí, en alguna parte, pero ¿dónde? Cass no sabía con quién estaba, ni si iría a dormir esa noche.

Y no era asunto suyo.

Sin más que hacer, decidió darse un baño en la enorme bañera, que tardó diez minutos en llenarse. El baño duró solo dos. Salió de la bañera, tomó una toalla y se fue a la cama. Tapada hasta la barbilla, miró a su alrededor. Era la habitación más lujosa en la que había dormido. Y a ella le parecía una cárcel.

Pasó un par de noches fuera del ático, sabiendo que Cassandra estaría bien cuidada. Su servicio tenía instrucciones de no dejar que nadie entrase.

¿Ni saliese?

Cassandra necesitaba descansar. Marco había sido firme en relación a eso. Había estado esforzándose demasiado y todavía no estaba bien. Él le había pedido cita con uno de los mejores médicos de Roma, un hombre conocido por su discreción. Hasta entonces, Cassandra estaría en casa. Él le había mandado un mensaje con el número de teléfono del médico, por si necesitaba llamarlo, y también con su propio número, en caso de emergencia.

Gracias. Había sido su respuesta.

No le extrañaba que fuese brusco con ella. Él tampoco era un maestro de las palabras. Cuanto menos dijese, mejor. Recordó cómo su madre, borracha, le había confesado que el hombre al que él llamaba papá jamás volvería a aceptarlos en casa. Marco siempre había pensado que las vergonzosas confesiones que su madre le había hecho con ocho años lo habían marcado de por vida. Desde entonces, nunca había compartido sus sentimientos con nadie. Y tampoco iba a imponerle a nadie ese tipo de situación.

Su vida había cambiado completamente con tan solo ocho años. De haber tenido dos padres cariñosos, aunque distantes, había pasado a tener que cuidar de su madre alcohólica y a estar lejos de sus dos padres, aunque nunca hubiese tenido noticias del encargado de mantenimiento que había dejado embarazada a su madre.

Miró el teléfono y se sintió tentado de llamar a Cassandra, pero decidió no hacerlo. Era mejor mantener las distancias con ella.

¿Durante cuánto tiempo iba a hacerlo?

Sonrió y estiró su cuerpo desnudo en la cama. La reacción de su cuerpo cuando pensaba en ella le hizo pensar que no sería demasiado.

Oyó que alguien abría la puerta principal poco después de que el servicio se hubiese marchado. Desde que estaba allí, había pensado en ellos como sus carceleros, si bien tenía que admitir que había disfrutado del descanso. Lo había necesitado. Al bajar el ritmo se le habían calmado las náuseas, tal y como había predicho el médico. Se puso tensa al oír pasos acercándose. ¿Quién más tenía llaves? Tenía que ser Marco. Se le aceleró el corazón. Era la primera vez que lo veía desde que se había instalado en el ático. Se pasó los dedos por el pelo y se mordió los labios para darles color, y se enfadó consigo misma por ello. Al fin y al cabo, se suponía que estaba descansando.

–¿Puedo pasar?

¿Para qué había preguntado, si ya estaba dentro de la habitación?

A Cass le latía tan rápidamente el corazón que no se atrevió a responder. Quería estar enfadada con él porque no le había dicho cuándo iba a volver, ni si iba a volver, pero al mismo tiempo estaba ansiosa por tener compañía, la compañía de Marco, y el corazón le había dado un vuelco al verlo, aunque parecía más misterioso y amenazador que nunca con aquel traje hecho a medida.

Y más distante. Procedían de mundos muy distintos.

–No es demasiado tarde, ¿verdad? –le preguntó él.

Ella pensó que sí mientras se hundía en las almohadas de la cama y lo veía avanzar por la habitación. Era tan guapo, tan moreno, tan cautivador, y tan peligroso al mismo tiempo. Cass decidió que no iba a dejar que viese lo mucho que la afectaba.

–No te esperaba esta noche –admitió, abrazando una almohada contra su cuerpo casi desnudo.

–No te dije cuándo iba a volver –contestó él.

–¿Has tenido un buen viaje?

–Sí, querida –respondió Marco, recordándole que adónde fuese y lo que hiciese no era asunto suyo.

Cass contuvo la respiración mientras él se acercaba más. No iba a salir corriendo ni iba a retroceder. Ella no era así. Estaba allí por voluntad propia, con intención de recuperar la salud. Aquel era el motivo por el que Marco la había llevado a Roma... ¿O no?, se preguntó, consciente de cómo la miraba. Supo que debía ignorar aquella mirada, pero su cuerpo la traicionó. Y no era su cuerpo el único que lo deseaba. También era su alma, su ser, su esencia. Porque Marco era el padre de su hijo. Su alma gemela. Y Cass quería estar con él, quería volver a estar entre sus brazos. Quería perderse en él, ser una con él.

Marco se sentó en la cama. No dijo nada. No hizo falta. Se limitó a abrazarla.

–Si no quieres que lo haga, dímelo y pararé –le susurró con voz ronca.

Tal vez Cass apoyó las manos en su pecho a modo de suave protesta, pero no lo empujó con fuerza porque no quería apartarlo. No sabía si era culpa de las hormonas, pero no podía ignorar cómo la hacía sentirse Marco. No se trataba del sexo, sino de cómo se sentía cuando estaba con él.

Lo ayudó a quitarse la chaqueta y lo vio aflojarse la corbata. Se quedó sin respiración cuando volvió a abrazarla, y gimió cuando le metió la mano por debajo de la camiseta del pijama para acariciarle un pecho. Tomó aire y se preguntó si podría volver a respirar con normalidad.

–Tienes los pechos más grandes –comentó Marco, jugando con un pezón–. Me gusta.

Y él era impresionante. Desnudo y completamente excitado, Marco di Fivizzano era un hombre grande y hosco, que no tenía nada que ver con el pulido hombre de ciudad que parecía. Aquel era el hombre que levantaba sacos de arena y que cortaba troncos. Era el padre de su hijo. Y Cass lo deseaba, sin preguntas, críticas ni quejas, lo deseaba de la manera más primitiva posible. Quería ser uno con su pareja.

Le sorprendió que se agachase a su lado y pusiese

la mano con cuidado en su vientre. Marco inclinó la cabeza y le dio un beso donde había tenido la mano. Cass contuvo la respiración, pero cuando Marco se apartó volvía a ser el Marco amante. No obstante, por un momento, había sido otra persona, una persona cariñosa. Alguien a quien Cass quería como padre de su hijo.

No tardó en distraerla enterrando el rostro entre sus pechos, agarrándole las muñecas con una sola mano y poniéndoselas encima de la cabeza. Después utilizó las manos y la boca para darle placer.

–¿Es esto lo que quieres? –le preguntó en voz baja mientras pasaba los dedos por su cuerpo.

–Sí –le confirmó ella temblando.

Marco le bajó los pantalones del pijama y los tiró. A esas alturas, Cass ya estaba loca de deseo y él sabía cómo complacerla.

–Me parece que ya vuelves a estar sana –observó Marco.

–Eso parece, sí.

–¿Te encuentras mejor?

–Todavía no.

Él sonrió.

–¿Quieres más?

–Sí, por favor...

Marco colocó un muslo entre sus piernas y ella gimió con impaciencia mientras lo veía colocarse encima.

–Tendré cuidado –le prometió él.

Cumplió su palabra y Cass descubrió lo extraordinario que podía ser el sexo tranquilo. Marco lo aprovechó para prolongar su placer lo máximo posible y

rio cuando ella lo sorprendió gritando y retorciéndose
bajo su cuerpo.

Cuando por fin se calmó, él volvió a penetrarla e
hizo que se perdiese otra vez. La última vez que hicieron el amor antes de que Cass se quedase dormida fue
tan fuerte que Cass pensó que iba a perder la conciencia. Y solo despertó cuando Marco se levantó de la
cama.

—¿Adónde vas? —le preguntó, tendiendo la mano
para que volviese.

Cass estaba saciada, pero se sentía sola en una
cama tan grande, sin él.

—Tienes que dormir —le dijo él, inclinándose a
darle un beso en la mejilla—. Y yo también. Mañana
tengo mucho que hacer, pero no te preocupes, volveré
por la mañana para ver si necesitas algo antes de que
me marche.

Le sonrió de manera sensual y salió de la habitación.

Era tan guapo, tan desinhibido, pero que se ence-
rraba tan rápidamente en sí mismo. Aquella había
sido una noche maravillosa para ella por todo lo que
había sentido, pero ¿y Marco? ¿Sería solo sexo a demanda para él?

De repente, Cass se sintió vulnerable y se preguntó
si se había postulado a amante a corto plazo para Marco
di Fivizzano. ¿Qué otra cosa podía hacer una jardinera
a tiempo parcial en la vida de un multimillonario?

Cuanto más lo pensaba, más convencida estaba de
que se había dejado llevar por la pasión. Estaba viviendo en casa de Marco por voluntad propia. Estaba
bajo su protección. Solo podía aferrarse al beso que

este le había dado en el vientre, pero incluso aquello empezaba a preocuparla. Un hombre como Marco di Fivizzano necesitaba un heredero. ¿Y si le convenía que ella se hubiese quedado embarazada?

Capítulo 10

A LA MAÑANA siguiente, Marco se marchó temprano, como había dicho que haría, pero no pasó por el dormitorio de Cass, como había prometido.

¿Para qué quería ella que fuese? ¿No era mejor mantener las distancias, como estaba haciendo él? Cass ya no sabía qué pensar...

El embarazo no la dejaba pensar con claridad. Nunca había dependido de nadie, salvo de su madrina y mucho tiempo atrás, y nunca se había quedado esperando a ver si un hombre quería sexo antes de salir de la cama. Si tanto se respetaba a sí misma, había llegado el momento de volver a recuperar su cerebro de antes de quedarse embarazada.

En el poco tiempo que llevaba viviendo en el ático de Marco, se había vuelto demasiado complaciente. Si seguía así, terminaría limpiándole los zapatos y preparándole el baño. Y ya ni siquiera tenía la excusa de las náuseas matutinas, así que lo que estaba haciendo era dejar pasar el tiempo.

Las cosas tenían que cambiar.

Llevó la bandeja a la cocina. ¿A quién le importaba lo que pensasen la criada y el cocinero de que hiciese las cosas por sí misma? Tenía unos brazos fuertes y unas manos con las que trabajar, no necesitaba que nadie corriese tras ella. Le dio las gracias al cocinero por el desayuno y se disculpó por no habérselo terminado con la excusa de que había cenado demasiado la noche anterior.

–Pero estaba delicioso –le dijo.

–¿Necesita algo más, *signorina*? –le preguntó la empleada.

–No. Gracias.

Cerró la puerta y no pudo evitar oírlos hablar.

–¿Le pasa algo a mi comida? –protestó el cocinero.

–Está embarazada –susurró la criada–. Por eso no le apetece comer.

–¿Ha dejado embarazada a una?

Cass se quedó inmóvil, y se puso tensa cuando los oyó reír.

–Ya iba siendo hora –añadió el cocinero, sin pensar en que Cass lo podía oír–. Un hombre así necesita un heredero.

Ella se estremeció al oír lo mismo que había pensado ella.

–No sé por qué ha elegido a esta –continuó la criada–, habiendo tantas mujeres de la alta sociedad que habrían estado encantadas de darle un hijo.

Hubo un silencio, y después la mujer añadió:

–Una noticia así tiene que valer dinero.

Cass había oído suficiente. No era quién para reprender al servicio de Marco, así que se mordió la lengua y se alejó.

La noticia de que el servicio le había sido desleal le llegó cuando estaba en una reunión. Su secretaria le mandó un mensaje de texto para que después no le sorprendiesen las noticias que aparecían en Internet. Marco se mantuvo aparentemente impasible, pero en realidad estaba furioso. Era un hombre discreto y no quería que nadie hablase de su vida privada. Tampoco había querido que hablasen de Cassandra, por eso no había contado que estaba en su ático. Había querido que esta viviese los últimos meses del embarazo tranquila, en privado. Nadie tenía que haber hablado de ella, mucho menos sus empleados, en los que había confiado hasta entonces...

–Mi secretaria selecciona a los posibles miembros del servicio, y se supone que vosotros tenéis que investigarlos –regañó a su equipo de seguridad–. Se supone que sois los mejores, por eso trabajáis para mí. Estáis despedidos.

Terminó la llamada mientras la persona que había al otro lado de la línea decía que había investigado tanto al cocinero como a la criada, pero que eran humanos.

Todo el mundo tenía un precio, admitió Marco enfadado, mientras anulaba su siguiente cita con aparente tranquilidad. ¿Por qué era tan fácil hacer negocios, y tan complicado todo lo relacionado con Cassandra?

¿Le preocupaba realmente que la gente hablase? ¿O por fin iba a tener que admitir que su vida estaba cambiando? Ya no volvería a ser la misma con un niño en la ecuación, un niño que, probablemente, fuese suyo.

«Posiblemente», se corrigió.

Se preguntó por qué no podía confiar en sus sentimientos. ¿Por qué no podía creer a Cassandra? ¿Por qué no podía dejar atrás el pasado?

Cuando llegó a casa ya habían despedido al personal de servicio del ático, pero no había ni rastro de Cassandra. El corazón se le aceleró mientras la buscaba. No tenía sentido que se hubiese marchado. ¿Adónde iba a ir? Llamó a varias empresas de taxis, pero nadie había llevado a una chica joven, inglesa y embarazada al aeropuerto, ni a ninguna parte.

Entonces, ¿dónde estaba?

Sin pensarlo, encendió la televisión y al ver las noticias empezó a andar de un lado a otro. Hablaban de Cassandra y de él. La fotografía que estaban utilizando de él le hacía parecer un demonio, sin afeitar y subido a una Harley. ¿De dónde la habrían sacado? En la fotografía de Cassandra aparecía un ángel, con el rostro pálido y un temperamento dulce. Una mártir entre sus manos. La prensa estaba exprimiendo la historia y él tenía que encontrar a Cassandra antes de que lo hicieran los paparazzi.

Demasiado tarde.

Las imágenes aparecieron en la pantalla. Marco no se entretuvo en apagar el televisor. Cassandra estaba en el parque que había al otro lado de la calle, rodeada de prensa.

Cass lo entendió. Con las manos metidas en los bolsillos de los pantalones vaqueros de embarazada y la cabeza agachada, siguió andando y se dijo que así era como debían de haberse sentido sus padres todo el tiempo, no solo un rato. Hasta entonces, nunca había entendido la presión a la que habían estado sometidos. Ella solo había saboreado la fama brevemente, o más bien la infamia, se corrigió, mordiéndose el labio.

Los periódicos se habían llenado de una niña pequeña jugando entre jeringuillas y botellas vacías, y todo eso había quedado en Internet y había sido utilizado por los matones del colegio. Ni siquiera su madrina había logrado protegerla de aquello. En sus turbulentos años de adolescencia, con las hormonas revolucionadas, había visto la fama de sus padres de un modo muy distinto, había imaginado que tenía que haber sido maravilloso llamar tanto la atención.

En esos momentos se dio cuenta de que no. Sus padres habían estropeado sus vidas con las drogas y el alcohol, y debían de haber tenido miedo a perder la fama. Y, entonces, una estúpida pelea había terminado con ambos muertos en la piscina. Cass todavía no podía creer que la causa de la misma hubiese sido cuál de los dos se iba a beber la última cerveza.

Pero debían de haber estado bajo una enorme presión, razonó mientras miraba atrás. Cass no era una persona fácil de intimidar, pero aquello la asustaba. Si los periodistas la estaban persiguiendo a pesar de ir con ropa premamá, con gesto asustado y el pelo recogido en un moño mal hecho, era que no tenían piedad. Se recordó que no les interesaba hacer fotografías bonitas, ya que suponía que no valían tanto dinero. Eran como hienas que se alimentaban de las miserias ajenas. Querían exponer ante el mundo a la amante embarazada de Marco di Fivizzano. Querían, sobre todo, una fotografía de su vientre. Casi le entraron ganas de reír al ver que un hombre se arrodillaba ante ella para tener un ángulo mejor.

–¡Esto es ridículo! –exclamó.

Y entonces empezaron a bombardearla a preguntas:

–¿Va a hacer una declaración?

–¿Sabe ya el sexo del bebé?

–¿Vivirá con Marco cuando nazca?

Y entonces, como por arte de magia, él apareció a su lado, protegiéndola con su fuerza y su poder, y solo su presencia hizo que el grupo que la seguía se dispersase.

–¿Se puede saber qué estás haciendo? –le preguntó, volcando su enfado con los paparazzi mientras abrazaba a Cass por los hombros.

Por una vez, Cass se dejó guiar.

–¿Tú qué crees? Quería tomar un poco el aire.

–Eso lo comprendo, pero ¿por qué no me has llamado?

–No quería preocuparte –admitió Cass–. Y no aguantaba en el ático ni un minuto más con unas personas que se estaban riendo de mí.

–¿El servicio? Los he despedido. Fue un error por mi parte, tenía que haber comprobado personalmente sus referencias.

–Yo no debería ser tan patética, pero el embarazo me tiene muy sensible.

Se giró y se alegró de ver que los periodistas estaban empezando a retroceder, probablemente gracias al mal humor de Marco.

–¿Piensas que esto es culpa del servicio del ático?

–¿Quién si no iba a avisar a la prensa? –respondió él mientras enseñaba su tarjeta de acceso en la puerta de entrada de su edificio.

Le sujetó la puerta a Cass y después la cerró delante de las hienas.

–Dijeron que podían sacar dinero con esto –recordó Cass.

–Es una apuesta a corto plazo –espetó Marco airadamente, esperando a que se abriesen las puertas del ascensor–. Porque no van a volver a encontrar trabajo en esta ciudad. De todos modos, ahora lo único que me interesa es saber cómo estás tú.

Ella lo miró y vio en sus ojos que estaba preocupado.

–Tu servicio reforzó mi opinión de que solo me habías utilizado para el sexo, para tener un hijo, un heredero.

Marco frunció el ceño todavía más.

–Necesitaba salir del ático para aclararme las ideas, y me ha ayudado, aunque no como esperaba. Me ha servido para entender cómo debieron de sentirse mis padres.

–Es la primera vez que hablas de ellos.

–Sí. Supongo que, como tú, llevo tanto tiempo intentando dejar el pasado atrás que no me resulta fácil hablar de él, pero después de tantos años, sigo sintiéndome culpable por su muerte.

–Tú también –murmuró él.

–De adolescente no los podía perdonar. Solo pensaba que mis padres me habían abandonado...

Se interrumpió al ver que Marco se había puesto muy tenso.

–¿He dicho algo que te ha molestado?

Él no respondió, pero apretó la mandíbula. Cass imaginó que se sentía igual que ella, y que tantos años de silencio no podían romperse en solo una noche.

–Hay algo más –continuó Cass mientras las puertas del ascensor se abrían.

–¿El qué? –preguntó Marco.

–Puedo ayudarte.

–¿Que puedes ayudarme? –repitió, mirándola con incredulidad mientras el ascensor los conducía al ático.

–No tienes tiempo para ocuparte de todo, por eso tenías a esa gente trabajando en tu casa...

–¿Y qué me sugieres?

Marco no estaba acostumbrado a que nadie lo retase. Qué pena, pensó Cass.

–Tienes que contratar a más personas como Maria y Giuseppe. Si me lo permites, yo te ayudaré a encontrarlas.

Marco sacudió la cabeza, divertido, y ella añadió:

–Serías mucho más eficaz si delegases. Tal vez no deberías ser tan distante, inténtalo con tus empleados y también conmigo.

La mirada de Marco le advirtió que retrocediese, pero no lo hizo.

Marco admiró su valentía. Después de la experiencia del parque, había pensado que se pondría a temblar y que solo querría pensar en sí misma, pero no, estaba pensando en otras personas. No obstante, él no se iba a dejar llevar por los sentimientos.

–¿Nos vamos a quedar delante de la puerta todo el día?

–No has contestado a mi pregunta –le recordó ella–. ¿Quieres que te ayude con la selección del personal?

–No hace falta. Seré yo personalmente quien se ocupe de ello en el futuro.

Cass inclinó la cabeza y lo miró fijamente.

–¿Habría pasado yo tu proceso de selección?

Su pregunta lo dejó callado. Marco la miró y se dio cuenta de que la respuesta era, probablemente, no.

Tal vez fue aquello lo que lo llevó a hacer una pequeña concesión.

—Debe de ser muy aburrido para ti estar todo el día sentada en el ático. Necesitas descansar, pero ahora ya estás bien y entiendo que quieras hacer algo. Mañana haré alguna llamada, a ver si te encuentro un trabajo a tiempo parcial.

Ella negó con la cabeza.

—Es muy amable por tu parte, Marco, pero no es necesario. He llamado a la embajada. Más precisamente, al embajador. Me dio su número de teléfono en la fiesta. Pensé lo que tú me dijiste y me di cuenta de que no iba a utilizarlo, sino a ofrecerle algo. Le he propuesto trabajar en los jardines de la embajada gratis, pero él no ha estado de acuerdo. Ha querido que forme parte de la plantilla de jardineros existente.

—¿Has conseguido trabajo?

—Sí, Marco.

Él se sintió protector de repente.

—Después de lo que ha ocurrido hoy, ¿vas a trabajar todos los días con los paparazzi siguiendo todos tus pasos?

—¿No querías buscarme un trabajo tú?

Antes de que a Marco le diese tiempo a responder, Cass añadió:

—Además, es un trabajo a tiempo parcial.

—Si te hubiese buscado el trabajo yo, habría sido diferente.

—¿En qué habría sido diferente?

—En primer lugar, habría garantizado tu seguridad.

—Sabes tan bien como yo que los jardines de la embajada también tienen seguridad. Es perfecto.

–Podías haberme contado lo que tenías planeado.

–¿Me cuentas tú a mí tus planes?

Hubo un largo silencio.

–No se trata de eso –respondió Marco por fin, con voz tensa.

–¿No? Yo pensé que éramos iguales, ¿o es que uno de los dos es más igual que el otro? No tengo que pedirte permiso si quiero hacer algo. ¿O sí? Te agradezco mucho lo que has hecho por mí. Sé que no estaba bien cuando llegué aquí y no quería admitirlo porque soy muy testaruda, pero ahora me encuentro lo suficientemente bien para trabajar.

–Aun así, tendrás que descansar.

–Estoy bien. Nunca he estado mejor. Voy a volver a trabajar al aire libre, en un jardín.

Se negaba a retroceder y a él le encantaba que fuese así, aunque también le molestase.

–¿Qué estás haciendo, Marco?

Él le quitó la única pinza que le sujetaba el pelo, que cayó como una cascada sobre sus hombros.

Cass se lo volvió a recoger.

–¿Es una señal? –le preguntó Marco.

–Sí. Una señal de que necesito respirar.

–¿Quieres que salgamos al jardín de la azotea?

–¿El jardín de la azotea? ¿Me estás diciendo que hay un jardín?

–Ven, te lo mostraré.

La llevó hasta una puerta que daba a unas escaleras y allí se encontraron con las vistas más espectaculares de Roma.

–Dios mío –exclamó Cass, sorprendida–. Y ni siquiera sabía que estaba aquí.

–Tenía que habértelo enseñado –admitió Marco–, pero como casi nunca subo...

–Y tenías mucha prisa por alejarte de mí –añadió ella, haciendo un esfuerzo por mantener una expresión neutral.

–Tal vez –concedió él–, pero ahora que sabes que está aquí, ¿no te podrías entretener con él?

–¿En mis ratos libres, quieres decir?

Cass se encogió de hombros.

–Es precioso, Marco, pero ya está todo hecho y yo necesito más, necesito un trabajo de verdad.

–¿No es suficiente con el bebé?

–Mi pregunta es otra: ¿será suficiente para nuestro bebé que yo me siente aquí y me limite a esperar su llegada?

Marco se estremeció con la palabra «nuestro» y apoyó ambas manos en la pared mientras miraba a lo lejos.

–¿No vas a aceptar nunca que quiera hacerte la vida más sencilla, Cassandra?

–No quiero las cosas fáciles, quiero tener la oportunidad de desempeñar el trabajo que me gusta.

Marco pareció entenderlo. Se giró y le apartó un mechón de pelo para ponérselo detrás de la oreja.

–Si no fueses tan pesada, te admiraría.

Ella resopló y se relajó un poco.

–Intentaré ganarme tu admiración, y no ser tan pesada –le prometió.

Entonces, por primera vez, compartieron una sonrisa.

Se marcharon del bonito jardín y bajaron a la parte

principal del ático, donde, de repente, ambos se pusieron tensos.

–Ven a la cama conmigo, Cassandra.

Ella contuvo la respiración mientras Marco la miraba con deseo. Su cuerpo respondió y aquello no tenía nada que ver con las hormonas del embarazo. Deseaba a Marco, y no era un anhelo solo físico, su alma también quería estar con él.

Marco se inclinó hacia delante y le dio un beso.

Pasaron varios segundos y fue como si el tiempo se hubiese detenido. Apoyó las manos en los brazos de Marco y permitió que este la hiciese retroceder hasta el dormitorio.

Una vez allí, Marco cerró la puerta y le desabotonó la camisa, abriéndola y acariciándole los pechos, inclinando la cabeza para chupárselos a través del sujetador de encaje antes de desabrochárselo y quitárselo también. Después le bajó con cuidado los pantalones vaqueros y la ayudó a quitárselos. La tomó de la mano y la llevó hasta la cama, donde la tumbó después de haber apartado las sábanas.

–Ponte de lado –le pidió–. Y espérame.

Cass lo vio desnudarse y se excitó más. Todo su cuerpo era una magnífica obra de arte masculino. Cuando volvió con ella a la cama, casi no podía respirar de la tensión.

Marco se tumbó a su lado y apoyó la mano en la curva de su espalda. Ella respondió de inmediato, arqueándose y esperando a que llegase la primera caricia.

En cuanto la tuvo en la posición adecuada, Marco la agarró y, separándole cuidadosamente las piernas,

apoyó la punta de la erección en su vagina. Y empujó
para entrar en ella. Después, casi no tuvo que moverse, Cass lo hizo todo, no tuvo vergüenza.

–¿Te ha gustado? –preguntó Marco en voz baja
cuando hubieron terminado.

–Mucho.

–¿Lo hacemos otra vez?

–Por mí sí, ¿qué opinas tú?

Hicieron el amor tantas veces que Cass perdió la
cuenta, y cada vez fue mejor que la anterior. Después,
se quedó dormida en brazos de Marco y cuando despertó se dio cuenta de que le estaba haciendo el amor
otra vez.

–¿Cómo lo haces? –murmuró medio dormida.

Él la hizo callar y continuó moviéndose en su interior.

Cass disfrutó del momento sin realizar ningún esfuerzo. No tenía nada que objetar. Aquella estaba
siendo la mejor experiencia de su vida. Cuando volvió
a llegar al clímax gritó su nombre y se agarró a la almohada. Y cuando se recuperó, Marco volvió a empezar.

El sexo no era un medio en sí, y Cass lo sabía, pero
hasta que encontrasen una solución a su situación, al
menos era algo que los mantenía unidos.

Capítulo 11

EL TRABAJO de Cass en los jardines de la embajada resultó ser todavía mejor de lo que había imaginado. Volvió a casa sonriendo, pensando que le encantaban todas las personas con las que trabajaba, y que estaba incluso empezando a aprender el idioma. Trabajando con plantas, con las manos en la tierra y la cabeza ocupada, incluso podía empezar a pensar que aquel ático era su hogar, al menos, por el momento, y si no le daba demasiadas vueltas a lo que ocurriría en el futuro.

Una cosa era segura. Ya quería a su hijo y haría todo lo que estuviese en su mano para que este tuviese la mejor vida posible. Bueno, otra cosa también era segura. Había decidido volver a Inglaterra para dar a luz allí. No podía quedarse en Italia. Marco estaba trabajando mucho y Cass no sabía si era para mantener las distancias con ella, o para liberarse de sus propios miedos. En cualquier caso, el bebé no tardaría en nacer y Cass estaba decidida a que tuviese una vida estable, no como la que había tenido ella.

Marco llevaba varios días de viaje de negocios y debía volver esa noche. Cass estaba deseando verlo a pesar de estar decidida a hablar con él y contarle sus planes. Y esperaba que ambos pudiesen formar parte del futuro de su hijo, aunque fuese viviendo en dos países diferentes.

En ausencia de Marco, no se había mantenido ociosa. Además del trabajo en la embajada, había estado entrevistando a varias personas para trabajar en el ático. Quería ganarse el pan. Quería que Marco supiese que no estaba esperándolo para que él se ocupase de todo.

También tenía que decirle que estaba lo suficientemente bien para volver a casa y que, aunque le agradecía que hubiese permitido que se recuperase allí, en Roma, estaba decidida a volver a Inglaterra.

Los ojos se le llenaron de lágrimas solo de pensar en alejarse de Marco. Mientras se peinaba, se dio cuenta de que se había enamorado de él.

Por eso, esa noche se dejaría el pelo suelto... para él.

Marco parecía agotado cuando por fin llegó a casa. También estaba muy guapo con un traje azul marino que era casi tan oscuro como sus ojos negros. Llevaba la camisa blanca con el primer botón desabrochado y la corbata de seda aflojada. No hizo falta que le contase a Cass que había sido un viaje duro. Estaba despeinado, sin afeitar, y con el ceño muy fruncido, aunque su rostro se iluminó al verla.

–*Cara mia*, estás preciosa.

Era la primera vez que Marco la llamaba «suya» y a Cass le gustó, tal vez más de lo que le debería haber gustado. Ella era una mujer independiente, pero le gustó sentir que pertenecía a alguien, que no estaba sola. También sabía que no estaba preciosa, se veía en el espejo todas las mañanas. Estaba hinchada y se sentía pesada, y...

Volvió a centrar su atención en Marco.

—Tendría que estar cuidando de ti, *cara*.

—Me parece bien —respondió Cass sonriendo—. Haremos turnos.

Él se acercó y la hizo retroceder hasta la pared.

Empezó a acariciarla y después tomó su rostro con ambas manos y le dio un beso... tierno. La besó como no la había besado nunca antes.

—¿Vamos al dormitorio?

—Si lo prefieres —susurró Cass.

—Teniendo en cuenta tu estado, no me parece aconsejable hacerte mía contra la pared —admitió Marco—, pero no te preocupes, que te lo compensaré con algo que también te va a gustar.

—¿Seguro? —lo retó ella en un susurro.

—Seguro.

Cass dio un grito ahogado cuando Marco la tomó en brazos.

—Vas a tener que esperar a que me dé una ducha —añadió él después de dejarla de pie junto a la cama.

—Vaya —protestó Cass.

Unos minutos después lo veía salir del cuarto de baño, secándose el pelo con una toalla y con otra alrededor de la cintura. Tenía un torso impresionante, bronceado y musculoso, que jamás se cansaría de mirar.

A Marco le había bastado con mirarla para excitarse y Cass solo podía pensar en que le hiciese el amor. Nunca había deseado tanto a un hombre. Estaba temblando cuando se acercó a ella e inclinó la cabeza para besarla en el cuello. La abrazó e hizo que se girase y, abrazándola por la espalda, le susurró al oído:

–Me encanta esta postura, contigo de espaldas. Es perfecta para hacer el amor ahora que estás embarazada.

–Es perfecta cuando no estoy embarazada también –respondió ella.

Sintió su erección empujándola y lo deseó todavía más. Arqueó la espalda y lo invitó a disfrutar de su exuberante cuerpo.

Marco la ayudó a subirse a la cama con él.

–Lo necesito –gimió, penetrándola.

–Y yo también –murmuró ella con la respiración acelerada.

–Ya me lo imaginaba –bromeó Marco mientras ambos llegaban al clímax.

Cuando ambos se hubieron recuperado, le preguntó:

–¿Más?

La ayudó a tumbarse de lado, como le gustaba a Cass, y susurró:

–Vas a doblar las rodillas mientras yo te penetro lentamente y te acaricio al mismo tiempo.

Todavía no le había dado tiempo a alargar la mano cuando Cass ya había llegado al clímax otra vez.

–Me parece que te ha gustado –comentó Marco.

–Sí.

–¿Y quieres más? –volvió a preguntarle poco antes de hacerle llegar a su clímax más intenso.

Cassandra estaba tan profundamente dormida que Marco decidió llevarle el desayuno a la cama. Tenía que descansar. Se lo decía a ella, pero también tenía que pensarlo él. No conseguía saciarse de Cassandra y jamás se había sentido así antes. Nunca había pasado la noche haciéndole el amor a una mujer y la había despertado por la mañana para volvérselo a hacer. También era la primera vez que le preparaba el desayuno a alguien desde que había intentado convencer a su madre de que comiese, ya en las últimas fases de su alcoholismo, recuerdo que le amargó el momento en el que estaba.

El sacerdote que había enterrado a su madre se había asegurado de que Marco tuviese un techo y de que fuese al colegio después de haber comido lo suficiente para aguantar todo el día. El orfanato había sido una experiencia horrible, pero Marco también había sobrevivido a aquello. No había nada en el mundo que no pudiese superar, salvo lo que sentía por Cassandra.

Pero no podía ofrecerle más que aquello, pensó mientras volvía al dormitorio. Llevaba demasiado tiempo muerto por dentro como para comprometerse a nada, y no quería engañarla.

Ella se despertó lentamente y sonrió al verlo entrar con una bandeja en la habitación.

–¡Me has preparado el desayuno! –exclamó complacida.

Marco apretó los labios y se encogió de hombros.

–Tengo interés en que estés fuerte.

–Deja de hacerte el duro, Marco. Sabes que eres más dulce de lo que quieres parecer. Y en el fondo estás lleno de sentimientos, pero te da miedo profundizar en ellos.

–¿Miedo? –repitió él, poniéndose tenso y retrocediendo.

–Ya, ya sé que no le tienes miedo a nada... salvo a lo que tienes dentro –continuó ella, dejando de sonreír–. Y todos tenemos fantasmas del pasado con los que combatir.

–No sé a qué te refieres.

Ella lo miró fijamente unos segundos y después le tendió la mano.

–Ven aquí...

–Tengo que trabajar...

–Por favor –insistió–. Dame la mano.

Marco frunció el ceño, pero obedeció.

Cass metió su mano por debajo de las sábanas.

–¿Lo sientes? Tu hijo te está saludando.

–Mi...

Marco intentó apartar la mano, pero ella se la sujetó con fuerza contra su vientre henchido.

–No te asustes –le susurró–. Esto es nuevo para los dos. Los bebés no traen un manual de instrucciones, y no quiero que te pierdas nada.

Él cedió una vez más y le dio un beso en la tripa. El milagro de la vida era algo a lo que ni siquiera él se podía resistir. Su respiración se calmó, se quedó inmóvil y entonces... lo notó, notó una patada en la mano.

–¡*Dio*! Lo he sentido –comentó maravillado–. ¡Es nuestro bebé!

Ella lo miró fijamente unos segundos antes de decir:

–Es nuestro bebé.

Quería decirle tantas cosas a Marco. Quería llegar a su interior, pero antes necesitaba que confiase en ella... que confiase lo suficiente como para contarle por qué era así.

–¿Marco?

Este se dirigió como un rayo hacia la puerta, parecía muy afectado. Cass lo entendió, se había sentido igual la primera vez que había notado moverse al bebé. ¿Qué era lo que lo asustaba tanto del niño? Si lo único que le preocupaba era que fuese suyo, lo solucionarían con una prueba, pero Cass sospechaba que había algo más, algo devastador que había hecho que la vida de Marco fuese como era. Y ella quería averiguarlo para poder ayudarlo.

Salió de casa con aquello en mente. Le habían asignado el diseño de una pequeña zona del jardín de la embajada, y cuando terminó de trabajar aquel día ya era muy tarde. El conductor de Marco, un hombre mayor llamado Paolo, la estaba esperando e insistió en acompañarla hasta la puerta del ático. Estaban subiendo juntos en el ascensor cuando comentó:

–Es un buen hombre. Yo ya trabajaba para su padre, que sí era un mal negocio.

–¿Su padre? –inquirió ella, poniéndose alerta.

Pero Paolo ya se había dado cuenta de que había hablado demasiado.

–¿Trabajaste para el padre de Marco? –repitió Cass.

–Sí –se limitó a responder el conductor.

–¿Y cómo terminaste trabajando para Marco?

Paolo se quedó pensativo un instante antes de responder.

–Yo llevé a Marco al funeral de su padre –le explicó–. Quería despedirse de un hombre que jamás se había ocupado de él, sobre todo, cuando Marco más lo había necesitado. Desde entonces, he trabajado para él.

–Gracias. Gracias por contármelo.

Sin pensarlo, Cass se inclinó y le dio un abrazo a Paolo, que se mostró sorprendido, aunque era italiano y lo entendió.

–Siento no poder contarle más –dijo este–, pero no creo que pase nada porque le diga que el padre de Marco era un hombre difícil. Yo nunca tuve una relación cercana con él, como la tengo con Marco, pero soy una persona leal y ya he hablado demasiado.

–Lo comprendo –respondió Cass.

–Ahora, descanse –le aconsejó Paolo cuando las puertas del ascensor se abrieron al llegar al ático–. A estas alturas del embarazo, es mejor que no haga demasiados esfuerzos.

La acompañó hasta la puerta y, cuando esta estuvo cerrada, Cass se apoyó en ella y se abrazó el vientre. Quería saber muchas cosas más acerca de Marco, pero al menos Paolo la había ayudado a dar el primer paso. Solo tenía la esperanza de que algún día Marco confiase lo suficiente en ella como para contarle el resto.

Decidió esperarlo levantada e intentar, por su bien, que le confesase algo más.

Capítulo 12

VOLVIÓ a casa después de la medianoche. Había tardado a propósito, en un intento de analizar sus sentimientos. Cassandra estaría dormida. No quería hablar con ella, estaba agotado después del trabajo, después de haber notado al bebé. Eso le había afectado mucho. Había hecho que todo fuese demasiado real. En unos meses, Cassandra sería madre y él...

Él todavía no estaba seguro de nada y eso lo condenaba al limbo. Tampoco estaba seguro de querer ser padre, ni de ser capaz de estar a la altura de la tarea. No tenía tiempo para un niño. No estaba programado para disfrutar de una vida de familia tradicional. ¿Qué ejemplo tenía? ¿Y qué le hacía pensar que iba a ser mejor que el hombre que lo había echado de su casa, o que el que jamás había querido saber de él? No era tan egoísta como para pensar que lo tenía todo cubierto, incluida la paternidad. Y no podía tratar a Cassandra como a otro negocio más. Necesitaba tiempo.

–¿Marco?

–¿Estás despierta?

–Te estaba esperando.

Estaba sentada en la cama y parecía muy joven, muy embarazada y muy vulnerable. Atravesó la habitación y le dio un beso en la mejilla.

–Tenías que haberte dormido, *carissima*.

–No podía dormir. Tenía que hablar contigo.

–¿De qué? –le preguntó, frunciendo el ceño e incorporándose.

–De tu pasado –añadió Cass con toda franqueza–. Quiero entenderte, pero no puedo hacerlo si no te abres.

Marco se alejó. El calor que había habido entre ambos por un instante desapareció de golpe. Nadie se entrometía en el pasado de Marco.

–El bebé, tu hijo, me da derecho a saber más de ti.

Él resopló.

–Si me explicases por qué te asustan los sentimientos...

La fulminó con la mirada.

–No me asusta nada.

–Yo te entiendo, Marco, créeme...

–No tienes ni idea.

Cass guardó silencio y después, añadió:

–Háblame de tu padre.

–¿Cuál de ellos? –replicó él, incapaz de ocultarle su dolor.

Cass había metido el dedo en la llaga.

La expresión de su rostro debió de asustarla, porque se echó hacia atrás, pero Marco decidió continuar.

–El hombre al que yo llamaba padre me repudió, nos repudió a mi madre y a mí. Nos echó a los dos a la calle cuando se enteró de que yo no era su hijo. Y lo hizo la víspera de Navidad –añadió en tono amargo.

Cassandra se había puesto pálida y parecía horrorizada.

–¿Y tu madre? –le preguntó.

La mirada de Marco habría atemorizado a cualquiera, pero no asustó a Cassandra.

–Háblame de tu madre –le insistió.

–Murió cuando yo era niño –le contó él enseguida, queriendo terminar con aquello cuanto antes.

–¿Y qué pasó contigo cuando tu madre murió? –inquirió ella.

Marco apretó los labios antes de responder.

–Fui a vivir a un orfanato.

Cass guardó silencio, luego añadió:

–¿Y tu padre de verdad?

Él rio amargamente.

–¿Mi padre de verdad? No tenía ningún interés en mí. Cuando dejó de haber dinero, desapareció.

Ella volvió a quedarse callada mientras asimilaba todo aquello.

–¿Y por qué te repudió el hombre al que tú llamabas padre? ¿No te quería?

–¿Quién sabe? –dijo él, con la mirada perdida en la distancia–. Tal vez me quiso en un momento dado. Yo pienso que me quiso, pero que cuando se enteró de que no era mi padre, todo cambió. Y me echó junto a mi madre. Eso es lo único que sé. Paolo me contó que mi padre jamás se lo perdonó, que fue otro hombre después de aquello, y que había tomado la decisión sin pensarlo al enterarse de que mi madre le había sido infiel. Lo lamentó hasta el día de su muerte, me dijo Paolo, pero era demasiado orgulloso como para rectificar.

–Oh, Marco.

Cass no tenía palabras de consuelo, lo único que

podía ayudarlo era el amor, que Marco tuviese amor durante un largo periodo de tiempo. Había llegado el momento de hablar del futuro, y de su hijo con Marco.

Por primera vez, apoyó las manos en su pecho cuando Marco intentó abrazarla.

–No, Marco. Tenemos que hablar.

–¿Hablar? –preguntó él con el ceño fruncido–. ¿De qué?

–Del futuro, por supuesto.

–¿De qué futuro, *cara*?

Sus palabras dolieron a Cass, pero continuó:

–No puedo quedarme en Roma para siempre.

–¿Ni tres meses más? –preguntó él–. Pensé que eras feliz aquí.

–Soy feliz, me encanta mi trabajo en la embajada, pero tengo que pensar en cuando nazca el bebé.

Marco apretó los labios y sacudió la cabeza como si no la entendiera.

–No tienes de qué preocuparte –le dijo mientras se quitaba la camisa–. Al menos, esta noche. Estás cansada. Yo también estoy cansado...

–No podemos permitir que esto siga así –respondió ella, buscando sus ojos, y encontrando solo deseo en ellos.

–¿Por qué no? –le preguntó Marco, sonriendo de manera sensual–. Todo es perfecto, Cassandra.

–¿Perfecto?

–Duérmete. Yo voy a darme una ducha y luego vendré a la cama.

Cerró la puerta del cuarto de baño aliviado. No quería tener aquella conversación acerca del futuro hasta que naciese el niño y estuviese seguro de que era el padre. Hablar del pasado le había despertado muchos recuerdos, y no quería someter a un niño a la misma experiencia que había vivido él. Había llevado a Cass a Roma para asegurarse de que estaba bien. Y aceptaría al niño si era suyo, lo apoyaría económicamente, pero ¿y emocionalmente? Aquello era demasiado para él.

Cuando salió de la ducha, Cassandra seguía sentada en la cama, esperándolo. Debía haberse imaginado que no se rendiría tan pronto, pero su respuesta iba a seguir siendo la misma.

–Después de lo que me has contado esta noche, Marco, sé que esto debe de ser muy difícil para ti.

–No lo sabes todo –contestó él, tirando la toalla encima de una silla.

No había querido gritar, pero su pasado era solo asunto suyo. Era una herida que no le enseñaba a nadie, y esa noche se había descuidado.

Se sintió más culpable que nunca al ver a Cassandra, muy embarazada y torpe, intentando salir de la cama.

–No –admitió esta, sacudiendo la cabeza–. No puedes evitar el pasado, Marco. Nos ha hecho lo que somos a los dos, y tienes que enfrentarte a ello. Imaginó que debió de ser horrible que el hombre al que creías tu padre te rechazase. Aquel rechazo, más todo lo demás, debió de ser terrible, pero si continúas apartando a la gente de tu lado porque te preocupa que te vuelvan a hacer lo mismo, no estás viviendo... Jamás conocerás el placer de tener una amistad verdadera, ni mucho menos el amor. Estamos en esto juntos, Marco, te guste o no.

Bajó la vista a su vientre.

–Este bebé es tan tuyo como mío, y yo necesito saber dónde me estoy metiendo, lo que el futuro nos va a deparar a los tres. No se trata solo de ti –añadió enfadada al ver que él negaba con la cabeza y se daba la media vuelta.

–Nunca he pensado que solo importase yo –replicó Marco, girándose de nuevo a mirarla–. Lo que no veo es por qué mi pasado te va a afectar a ti, ni a este...

–En ese caso, estás ciego –contestó Cass–. Es un bebé, Marco, una nueva vida, así que no vuelvas a referirte a él con desprecio. Tu reacción en estos momentos es un reflejo de tu pasado. Ese es el motivo por el que no puedes confiar en mí, por el que ni siquiera quieres creer que estoy esperando un hijo tuyo. Te horroriza la idea de volver a tu propia niñez. E incluso cuando se demuestre que el niño es tuyo, te preguntarás si vas a ser capaz de hacerlo mejor de lo que lo hizo el hombre al que llamabas padre, que te abandonó, y que tu padre biológico, al que jamás le importaste.

Tomó aire antes de continuar.

–Pues te voy a dar una noticia... Yo tampoco sé qué clase de madre voy a ser. El comienzo no ha sido el mejor posible, pero no voy a huir de mis sentimientos. Voy a ser la mejor madre posible para mi hijo, y si para ti no estoy a la altura, lo siento. Si no soy lo suficientemente buena para mi hijo, intentaré superarme hasta que lo sea.

–No entiendes...

–Sí que lo entiendo –contestó ella con firmeza–. Sé que te importa. Por mucho que te esfuerces en ocultarlo, lo sé, te importo yo y te importa el bebé, y sé que harás todo lo que esté en tu mano para proteger a tu hijo, para que no sufra el rechazo que sufriste tú. Sé que eres un buen hombre...

–No me tengas por un santo, porque no lo soy. Aunque el bebé sea mío, no tengo la capacidad necesaria para querer a un niño.

–¿La capacidad? –repitió ella con incredulidad–. Es la primera vez que oigo que el amor tiene límites, o que un corazón pueda tener fronteras. Tu corazón se dilatará para acoger en él al bebé, y tu amor también crecerá.

–¿Cómo va a ocurrir eso, si no puedo sentir nada? –preguntó él, enfadado, frustrado.

–No podemos seguir así –insistió Cass.

–¿Por qué? ¿Qué tiene de malo? –le preguntó Marco–. Estás haciendo un gran trabajo, te encanta y vives en uno de los pisos más bonitos de Roma...

–Es como vivir en una prisión, con un hombre que no siente nada –dijo ella, riendo con tristeza.

Y Marco se estremeció. De repente, se dio cuenta de que había estado muy cerca de destruir a la chica alegre y vital que había sido Cassandra.

–Mi vida aquí no es real –continuó ella, con un tono de voz que lo inquietó todavía más–. Es solo un papel.

–A mí me parece real.

–Porque para ti no ha cambiado nada, Marco.

Él se obligó a reír, pero Cassandra se estaba mostrando fría y estaba valorando las cosas tal y como las veía desde el exterior.

–Sí, vivo en un ático estupendo y te hago preguntas a las que no quieres responder, pero nuestra relación no es cercana. Para que exista una relación hacen falta dos personas, Marco, y yo para ti soy solo la posibilidad de tener sexo a demanda –le explicó, haciendo una mueca.

–Pues hasta ahora no te habías quejado. ¿Adónde quieres ir a parar?

–A que aquí no hago nada, más que esperar a que nazca el bebé.

–Como cualquier otra mujer embarazada.

–Cualquier otra mujer embarazada puede hacer planes para cuando nazca su hijo –le dijo–. Esto no es la vida real y yo no estoy viviendo en mi casa. Estoy viviendo en la casa de otra persona, en tu casa, que es más un hotel que un hogar.

Miró a su alrededor.

–No tienes ni un objeto personal. No hay desorden. ¿Qué ocurrirá cuando nazca el bebé? ¿Dónde darás tus recepciones?

–Esa debería ser la menor de tus preocupaciones.

Pero Cass no lo estaba escuchando.

–O tal vez no vuelva aquí después –comentó con el ceño fruncido–. ¿Adónde iré cuando tenga al bebé?

Lo miró a los ojos, preocupada.

–¿Qué va a pasar, Marco? Necesito saberlo y no lo hemos hablado. Tú te limitas a ignorar el futuro, como si no fuese a llegar nunca.

–Para –murmuró él, abrazándola–. Te estás disgustando y estás disgustando al bebé...

–Sí. Tienes razón –admitió, apartándolo–. Debería descansar, pero por el bebé, no por ti.

Al salir de la cama a la mañana siguiente, Cass

abrió las cortinas y vio que hacía otro espléndido día en Roma... el día en que, por fin, había recobrado la cordura. Por mucho que quisiese estar con Marco, tenía que enfrentarse a la verdad: su aventura no estaba yendo a ninguna parte. No podía seguir perdiendo el tiempo soñando despierta. Tenía que hacer planes de verdad. Si Marco no quería formar parte de ellos, que así fuera. Si Cass quería que las cosas cambiasen, tenía que hacerlas cambiar. Si Marco no tenía tiempo para hablar del futuro con ella cuando estaban en casa, tendría que ir a buscarlo para hablar cara a cara.

Tomó el teléfono y lo llamó a su despacho. Como era de esperar, estaba reunido. Le dejó un mensaje pidiéndole que le devolviese la llamada, pero no tuvo noticias suyas en la siguiente hora, así que decidió seguir adelante con su plan.

No le fue fácil tomar la decisión. Nunca se había tomado por la persona más valiente de la Tierra, pero Marco tenía qué escucharla.

Se vistió de manera discreta y llamó a Paolo para pedirle que la llevase al trabajo de Marco. No quería avergonzarlo públicamente, pero dado que su aventura no era un secreto, pensó que tampoco causaría tanto revuelo.

No obstante, perdió parte de la confianza al llegar al edificio de oficinas blanco en el que estaba la sede de Fivizzano Industries.

Capítulo 13

CUANDO su secretaria le contó quién estaba esperándolo fuera, casi no lo pudo creer. Juró entre dientes y se preguntó qué demonios estaba haciendo Cassandra. ¿Tan urgente era lo que quería decirle que no podía esperar a que llegase a casa?

Se quedó donde estaba mientras entraba en su despacho.

Marco parecía tan amenazador, justo delante de la ventana, con la luz a sus espaldas.

Pero Cass se negó a dejarse intimidar, aunque su esbelta y rubia secretaria le había advertido que Marco tenía otra cita diez minutos más tarde.

–Cassandra.

–Marco.

–¿Qué haces aquí?

–¿Me puedo sentar?

–Por supuesto.

Se dio cuenta de que Marco estaba confundido, pero que estaba intentando ser educado.

Pero los buenos modales no duraron mucho.

–¿Qué quieres? –inquirió.

–Tengo que hablar contigo, Marco, es importante.

–¿Y tenías que venir a mi despacho a hablar? –le preguntó con frialdad–. Vivimos en el mismo piso.

–Pero allí evitas hablar conmigo.

–Paso más tiempo contigo que con nadie.

«Sí, en la cama», pensó Cass, ruborizándose.

–Es cierto, pero todavía no hemos hablado del futuro.

–¿Otra vez eso?

–Sí, Marco, otra vez.

Se puso en pie para confrontarlo.

Aquella no era la joven a la que había conocido en la Toscana, sino una leona defendiendo a su cría, pensó Marco al verla cruzarse de brazos. Cuando su secretaria llamó a la puerta para recordarle que tenía una supuesta reunión, él fue muy brusco en su respuesta:

–No quiero más interrupciones, por favor. No me pases llamadas hasta que te avise.

–Sí, señor.

La secretaria cerró la puerta con exagerado cuidado, probablemente porque se había dado cuenta de la tensión que había en la habitación.

–¿Y bien? –le dijo a Cassandra, mirándola de nuevo.

–Tengo que volver a casa.

Él se giró hacia la ventana, sabiendo que si cualquier otra mujer le hubiese dicho aquello, se habría sentido aliviado, pero con Cassandra no sentía eso.

–¿Por qué? –le preguntó en voz baja.

–Tu actitud con respecto al futuro me dice que tengo que hacer planes a largo plazo –insistió ella, intentando estar tranquila–. Y aunque, al parecer, tú piensas que está bien que esté viviendo en tu casa, yo quiero un hogar de verdad para cuando nazca el bebé.

Lo que significa que voy a volver a Inglaterra. No es una decisión impulsiva, ni algo que pueda achacar a las hormonas.

Él no respondió.

—Es lo más sensato. Tengo que marcharme pronto, o no me dejarán volar. Además, necesito preparar las cosas para el bebé mientras todavía pueda.

—Al parecer, lo tienes todo decidido.

Marco se sentía dolido, insultado, rechazado. Estaba acostumbrado a ser él quien tomaba las decisiones que otras personas ejecutaban. No al contrario.

—No puedo quedarme aquí hasta el parto —insistió ella—. Ni enfrentarme a un futuro incierto. Tengo que organizarme.

Él tomó el teléfono.

—La *signorina* Rich va a salir, Paolo. ¿En la entrada principal? Sí. Gracias.

Colgó el teléfono y la miró. Parecía sorprendida.

—Yo solo quería lo que era mejor para ti, Cassandra.

«Cerdo frío e insensible. Tenía que marcharse de allí y cuanto antes, mejor».

Siguió a la secretaria de Marco hasta los ascensores en estado de shock. Una vez dentro, apoyó la espalda en la fría pared de acero y se dijo que aquello era lo que había querido. Había ido a decirle a Marco que se volvía a casa y que él no se lo iba a poder impedir. ¿Impedírselo? Si prácticamente la había echado a patadas.

Sintió ganas de llorar y maldijo a las hormonas del

embarazo. Había esperado más de él, alguna emoción real, pero tenía que haber recordado que Marco di Fivizzano no sentía nada. Y ella estaba empezando a preguntarse si no sería mejor cortar por lo sano. Marco era todo contradicciones, tierno y cariñoso y, de repente, frío e insensible.

Había poco tráfico, así que no tardó mucho en volver al ático. Se sentía mejor, más tranquila y dispuesta a dar el siguiente paso en su vida, lo que no sabía era que la esperaba otra sorpresa. Lo primero que vio nada más abrir la puerta fue su vieja maleta en medio del recibidor. Se quedó helada al levantarla y ver que pesaba. Alguien le había hecho la maleta. Imaginó que Marco había llamado a la empleada, y que quería que se marchase de allí antes de que él volviese a casa.

Sin saber por qué, miró hacia la mesita en la que una vez Marco le había dejado un cheque. Y se le encogió el corazón al descubrir que había una nota. No la había escrito Marco, debía de habérsela dictado a la criada. Era breve y directa: *Llámame al trabajo cuando estés lista para marcharte. El avión está preparado para llevarte a casa. Marco.*

Cass se apoyó en la pared y, lentamente, fue bajando hasta sentarse en el suelo. Tenía que haber sabido que Marco se separaría de ella sin ninguna dificultad. Ya era demasiado tarde para pensar en todo lo que le habría gustado decirle, no tendría esa oportunidad.

¿Por qué no había aprovechado la visita a su despacho para asegurarle que jamás lo dejaría fuera, y que cuando el bebé naciese podría ir a verlos cuando quisiese? Miró la maleta y supo que lo llamaría justo antes de dar a luz, e incluso antes, para asegurarle que tenía suficiente dinero ahorrado para vivir hasta que consiguiese un empleo. Quería hablarle de que en su pueblo había una guardería y un colegio maravillosos. Y, sobre todo, quería decirle que lo quería. Independientemente de lo que pensase de ella, o de lo que fuese capaz de sentir por ella, quería decírselo.

Apoyó el rostro en las rodillas y cruzó los brazos sobre la cabeza, como si así pudiese aislarse del mundo. En el fondo, sabía que era demasiado tarde. Marco le había mostrado su lado más frío y vacío, y ya no había vuelta atrás. Y ella tenía que habérselo imaginado, porque un hombre que había conseguido tanto en la vida no iba a permitir que una situación se anquilosase, y que cuando se había dado cuenta de que ella quería más de lo que le podía dar, había decidido seguir adelante sin mirar atrás. No obstante, Cass lo quería y recordaba todos los momentos en los que había sido cariñoso, divertido, sexy o tierno con ella. El amor no tenía fronteras, se dijo mientras se ponía en pie con dificultad.

Se dio una ducha y se puso ropa limpia. Llamó al despacho de Marco, pero la fría secretaria le pidió que dejase un mensaje, que ella lo transmitiría.

Cass colgó el teléfono y se dijo que su partida era lo mejor para los dos. El sitio de Marco estaba en Roma y ella no podía quedarse allí.

Pero, si esa era la decisión correcta, ¿por qué se sentía tan vacía?

Porque en la vida no había nada seguro, y porque Marco se había negado una y otra vez a hablar del futuro. Por supuesto que se sentía vacía. Ni siquiera sabía si volvería a verlo, pero iba a empezar de cero y eso era bueno. El pasado les había pasado factura a ambos y hacía imposible que tuviesen un futuro juntos. Cuando el bebé naciese llegarían a un acuerdo, pero con respecto a su relación personal...

No había ninguna relación personal, salvo la que ella se había imaginado. Había intentado que Marco se comprometiese a formar parte de un futuro que él no quería. A Cass no le gustaba admitir una derrota, pero en esa ocasión iba a tener que hacerlo. Dudaba que Marco quisiera tener nada con ella fuera de las cuatro paredes de aquel ático. Era probable que se alegrase de verla marchar. Por fin podría continuar con su vida. Cass se dijo que llamaría al jefe de jardineros de la embajada y a Maria y Giuseppe de camino al aeropuerto.

Se quedó inmóvil al ver que se abría la puerta, pero, como tenía que haber imaginado, no se trataba de Marco, sino de su conductor, Paolo.

–¿Está lista? –le preguntó este en su habitual tono cariñoso, tomando la maleta.

–Sí. Gracias.

Miró a su alrededor por última vez y se preguntó si alguna vez, en toda su vida, se había sentido tan vacía, a pesar de que Marco había hecho lo que ella le había pedido. La había dejado libre, le había permitido cortar todos los vínculos que tenía con él.

De pie, vio despegar el avión y se quedó mirándolo hasta que desapareció detrás de una nube. Era algo que no hacía nunca. No tenía tiempo ni interés. No obstante, sabía que aquello era lo correcto. Para los dos.

Entonces, ¿por qué se sentía tan mal?

¿Era porque se sentía herido en su orgullo masculino? Era la primera vez que lo dejaba una mujer, pero Cassandra le había dejado muy claro que no era feliz viviendo en Roma.

Cassandra era diferente. Estaba embarazada, tal vez de él. No pudo dejar de pensar en aquello mientras salía de la terminal. Cass necesitaría atención médica hasta el momento del parto, y tenía razón en hacer sus propios planes de futuro.

Planes de los que él estaba excluido.

Planes de los que no quería formar parte, no hasta que estuviese seguro. Mientras tanto, su gente la vigilaría.

¿Se conformaría con los informes emitidos por otras personas?

Tendría que hacerlo.

–¡No voy a hacer declaraciones! –dijo a los paparazzi que había esperándolo fuera.

Paolo estaba muy cerca, con el motor encendido. Marco se subió al coche y se alejaron de allí. Él miró hacia el cielo, hacia donde había desaparecido el avión. Nunca se había sentido tan confundido. Cuando el niño naciese bastaría con una prueba de ADN para saber todo lo que necesitaba saber. Nadie, ni siquiera Cassandra, podría obligarlo a comprometerse a algo, ni siquiera si la prueba de ADN daba positiva. Se podía comprometer económicamente, sí, pero emocionalmente...

No tardaría en tener una respuesta y, mientras tanto, ocuparía su tiempo trabajando. Tendría noticias si ocurría algo. Aquel era el final de su implicación personal con Cassandra Rich.

Intentó convencerse de aquello hasta que llegó a casa y se la encontró vacía y, por primera vez en la vida, se sintió solo.

Todo lo recordaba a ella. ¿Conseguiría deshacerse de su fantasma?

¿Quería hacerlo?

No durmió, se pasó la noche yendo y viniendo por la casa, pensando en Cassandra. Al amanecer llamó a su gente para asegurarse de que había llegado bien a Inglaterra. Le aseguraron que así era. Colgó el teléfono y miró a su alrededor, sabiendo que aquella era su vida. Su solitaria y amarga vida.

Capítulo 14

UNA cosa siguió a otra, como si el destino estuviese en su contra. Nunca había tenido tanto trabajo, y cuando tuvo que viajar al Reino Unido a ver unas propiedades que quería comprar, no supo qué hacer. Había intentado mantener las distancias con Cassandra. No tenían futuro juntos, así que lo mejor sería evitar avivar antiguas llamas.

Mientras tanto, ella parecía estar muy bien. Volvía a ser independiente y, para frustración de Marco, no lo había llamado ni una vez. Estaba diseñando jardines, le habían dicho, y se encontraba bien. Sin él.

De todos modos, no tenía nada que ofrecerle a su hijo, salvo dinero.

Intentó concentrarse otra vez en el trabajo, pero no pudo. Tenía la sensación de que estaba perdiendo algo muy valioso. ¿Podía cambiar las cosas? ¿O iba a repetir los errores de su padre, todo por culpa del orgullo?

Echaba de menos a Marco más de lo que se podía expresar con palabras. Era como si se hubiese sentido completa y, de repente, le hubiesen arrancado un órgano vital. No obstante, sabía que no podría ayudarlo hasta que él mismo quisiera ayudarse. Odiaba admitirlo, pero estaba convencida de que no podía hacer nada más.

Aunque no era una mujer hecha para admitir la derrota. Sonrió y se mordió el labio al imaginárselo en su elegante despacho, cómodamente sentado, mientras que ella estaba allí, helada de frío, intentando arreglar un jardín.

Sabía que Marco podía hacerle la vida muy fácil.

Pero no estaba en venta. Eso, si es que Marco todavía quería saber algo de ella cuando naciese el bebé. No tenía ni idea de lo que este iba a hacer. Era posible que, cuando se demostrase que era el padre del niño, quisiese luchar por su custodia.

Las Navidades iban a ser muy largas y solitarias. Esperaba volver a ver a Marco alguna vez, pero era probable que aquello no ocurriese hasta después de Año Nuevo, hasta que diese a luz.

Leyó el último informe que le habían enviado del Reino Unido, en el que decía que no había novedades ni nada de qué preocuparse, pero aquel día necesitó oírlo de labios de Cassandra.

La llamó por teléfono, pero no obtuvo respuesta. ¿Estaría ignorando sus llamadas? No iba a esperar a averiguarlo.

Le había dado vacaciones al piloto, así que pilotó el avión hasta Londres él mismo. Se sintió bien haciéndolo, hasta que salió del aeropuerto y vio a varios paparazzi esperándolo. Lo primero que le preguntaron fue si iba a ir directo al hospital. Marco miró su teléfono. Tenía siete llamadas perdidas de Cassandra y tres de su equipo de seguridad. Y sabía lo que significaba aquello. Había una cosa que no podía controlar, y era el nacimiento de su hijo.

Se dirigió al hospital Giuseppe y subió directo a la planta de maternidad. Estaba hecho un manojo de nervios, tenía miedo por Cassandra y quería verla. Tenía que verla, pero a pesar de que enseñó su pasaporte, no lo dejaron entrar.

—La señorita Rich es muy capaz de cuidarse sola, —le dijo una enfermera con firmeza—, y en estos momentos no necesita más estrés.

—No he venido a estresar a Cassandra —insistió él, pero tardó un buen rato en conseguir que lo dejaran pasar al paritorio.

Con el corazón en un puño, se dijo que por fin estaba con ella. La miró y pensó que parecía muy joven, demasiado joven para estar pasando por aquello.

—Marco... has venido —lo saludó, y se le iluminó la mirada mientras le tendía la mano.

Fue su mirada lo que lo detuvo. En ella había amor, confianza y gratitud, y él no merecía nada de aquello y no podía, no quería, alentarlo.

—¿Marco? –repitió Cass, preocupada.

Una comadrona lo apartó del medio.

—Puede sentarse aquí –le dijo–. O quedarse de pie, si no se va a marear.

Él fulminó a la señora con la mirada.

—¿Me puede dar la mano? –sugirió Cassandra.

—¿Quiere darle la mano? –le preguntó otra comadrona, como si dudase que fuese a hacerlo.

Marco imaginó que no tenían una buena opinión

de él, probablemente por la información que hubiesen leído en la prensa.

–Por supuesto que quiero, y debo –respondió.

En un instante estaba al lado de Cassandra. Entendía que esta estuviese sufriendo, y que necesitase que alguien la reconfortase. Y también entendía que, siendo una experiencia que daba tanto miedo, era mejor compartirla con alguien. Era la mirada de Cassandra lo que lo desconcertaba. ¿Cómo podía sentir aquello por él, sabiendo que no podía ser correspondida?

–¿Qué puedo hacer, que sea práctico? –le preguntó a la comadrona.

Se sentía como un inútil, al lado de la cama sin hacer nada.

–Estar ahí para ella. No tiene que hacer más. Si le pide que se marche, se marcha. Y si nosotras le pedimos que se marche, se marcha todavía más deprisa. ¿Entendido?

Él apretó la mandíbula y asintió.

La eficiencia y serenidad del equipo lo impresionó. Cassandra era el centro de atención, y estaba haciendo todo lo que se esperaba de ella. Prácticamente en silencio, le apretó la mano con fuerza increíble, y le hizo formar parte de aquella experiencia.

Entonces oyó llorar al bebé.

–Tu hijo –dijo la comadrona, ignorándolo a él y dejando al niño en brazos de Cassandra.

Esta lo miró maravillada.

–Oh, Marco...

Cassandra no podía apartar la vista del rostro del bebé y él se sentía aturdido. La expresión del rostro de Cassandra era nueva para él. Aquella situación era nueva para él. Y no había escapatoria. Se sintió consumido por el momento. No sabía qué decir, y dudaba que hubiese podido prepararse algo con antelación.

—¿Qué te parece? —le preguntó Cassandra sin mirarlo.

—Me parece que está sano —comentó él—. Y fuerte.

—Es precioso. Apuesto a que tú eras exactamente igual cuando naciste, Marco.

Levantó la vista y le sonrió, y la expresión de su rostro lo reconfortó.

—¿Quieres tomarlo en brazos?

—No sé si debería —respondió, nervioso.

—Por supuesto que sí —le dijo la comadrona, tomando al niño de Cassandra y poniéndolo en sus brazos.

Lo sujetó con cuidado y tomó aire. Lo miró y tuvo la sensación de estar viendo a alguien que ya conocía después de mucho tiempo. Fue un momento especial, como un toque de atención, y también un dilema al que no había esperado enfrentarse. Había pensado que no sentiría nada, pero tenía el corazón acelerado, a punto de estallar.

El niño lloró.

—¿Marco?

Cassandra parecía preocupada... por él.

Marco consiguió devolverle al niño con movimientos rígidos.

—Gracias —dijo, incómodo.

No había palabras para expresar aquello.

—Es hijo tuyo, Marco —comentó ella, mirando el rostro del niño—. No hay confusión posible, ¿verdad?

–No la hay –intervino la comadrona, sonriendo de oreja a oreja mientras miraba al bebé.

–Todavía no es seguro –dijo él, a pesar de que el instinto le aseguraba lo contrario y eso lo asustaba.

¿Podría proteger al niño, cuando no había sido capaz de proteger a su madre? ¿Podría quererlo como su supuesto padre no lo había querido a él? Se sentía completamente abrumado.

Cuando dijo aquello, todo el mundo se quedó inmóvil en la habitación, como si nadie pudiese asimilar lo que había dicho, como si no entendiesen por qué lo había hecho, sobre todo, en un momento tan inoportuno.

–Solo la ciencia puede demostrar que es mío –añadió, encogiéndose de hombros.

La comadrona lo miró como si quisiera pegarle.

–Marco –murmuró Cassandra, dándole el bebé a la comadrona y girándose hacia él–, no tengas miedo.

Él se puso tenso y la miró como si no la conociese.

–Tengo que irme.

–¿Tienes?

Cassandra le imploró con la mirada que se quedase.

–Sí, sí, tengo que irme. No sabía que esto iba a llevar tanto tiempo. Tengo reuniones...

–Ya –contestó ella–. Siento haber tardado tanto.

Marco sintió vergüenza al oírla disculparse. Tenía que salir de allí si no quería arruinarle la vida. Necesitaba tiempo, y espacio, para aceptar la realidad, que el amor lo aterrorizaba, como lo aterrorizaba perderlo, y perder a Cassandra. Estaba acostumbrado a reprimir sus sentimientos desde niño, y en esos momentos sentía que se ahogaba, precisamente cuando Cassandra estaba más vulnerable, cuando más lo necesitaba.

–Pediré que hagan la prueba de ADN lo antes posible.

–¿Vas...?

Cassandra se quedó boquiabierta.

–Márchese ya –le espetó la comadrona, mirando hacia la puerta

Él no se movió. Cassandra se había puesto pálida, pero de repente, la sorpresa se tornó en ira y se incorporó con fuerza.

–¡Primero consigue una orden judicial! ¡Después tendrás la prueba de ADN!

Una enfermera corrió a su lado, a tranquilizarla, y la comadrona lo empujó a él hacia la puerta.

–Márchese –repitió en voz baja, fría.

Tenía razón. Era un monstruo. Siempre lo había sabido. Era un monstruo que no merecía amar ni ser amado.

Se quedó inmóvil al otro lado de la puerta. No sabía qué vida estaba destrozando, tal vez la de todos. No obstante, el daño ya estaba hecho y tenía que seguir adelante. Hizo una llamada para organizar la prueba y le dijeron que tendría el resultado en unas horas.

Iban a ser las horas más largas de su vida.

Salió del hospital y pasó entre los paparazzi sin hacer comentarios. Eran poco más de las cuatro de la tarde y ya era de noche. Decidió no meterse en el coche, sino caminar. Las calles estaban llenas de viandantes que estaban haciendo las últimas compras de Navidad y los fotógrafos pronto se cansaron de seguirlo. Decidió pensar en cosas prácticas y se dijo que tendría que poner seguridad a Cassandra y al niño. Sacó el teléfono e hizo las gestiones necesarias. El ambiente que lo rodeaba era navideño, pero él se sentía aturdido, hasta que se cruzó con una pareja joven que salía de unos grandes almacenes. El chico le estaba poniendo a la chica su bufanda.

—Toma, no quiero que te enfríes.

—¿Y tú? —le preguntó ella.

—No la necesito. El amor me mantiene caliente.

A Marco le sorprendió sentir que una conversación tan cursi le encogía el corazón y, por un instante, no entendió el motivo, pero entonces recordó y los ojos se le llenaron de lágrimas. Decidió entrar en los grandes almacenes y compró la bufanda de más abrigo y más colorida que pudo encontrar.

—Envuélvala para regalo, por favor.

No era un gran regalo, pero era un vínculo vital entre su pasado y lo que había ocurrido aquel día, y su cabeza quería desesperadamente que significase algo para Cassandra. Cassandra, que era su vida.

También fue su única preocupación mientras salía del edificio. No podía creerse que se hubiese marchado del hospital y la hubiese dejado sola.

Como el parto había ido bien y el bebé estaba sano, no tardaron en darle el alta, así que, antes de que pudiese darse cuenta, Cassandra estaba en un taxi con su hijo, Luca. Le había puesto un nombre italiano por su padre, al que tanto se parecía.

Sentía pena por Marco. Le daba pena que no pudiese ni siquiera querer a su hijo.

El taxi se detuvo delante de su casa y Cass se preguntó qué estaría haciendo Marco en esos momentos. La llegada a casa con el niño era un momento muy especial.

El taxista, muy amable, la ayudó a bajar. Y Cass le dio las gracias y se despidió, sabiendo que cuando entrase en casa estaría sola con su bebé.

Sintió cierta aprensión, pero supo que la superaría. Pensó que encendería el ordenador y buscaría información acerca de cómo cuidar a Luca.

Se sintió mejor. Estaba agotada y deseando meterse en la cama, pero antes tenía cosas que hacer, y después tenía que pensar en el futuro.

Capítulo 15

DEJÓ a Luca durmiendo en su moisés en el piso de arriba y bajó a la cocina a organizar los biberones, y tuvo que encender las luces porque ya se estaba haciendo de noche.

Miró por la ventana y vio un cuatro por cuatro fuera, y se preguntó si Marco le habría puesto seguridad.

Se apartó de ella y oyó que llamaban a la puerta.

Dudó antes de abrir. Era Marco.

—Si vienes por lo de la prueba de ADN...

—No vengo por eso.

—¿Cómo has sabido que estaba en casa?

—Me lo ha dicho la comadrona. He conseguido hacerla entrar en razón después de hablar con ella. Cosa que tenía que haber hecho contigo también.

—El bebé está durmiendo —le advirtió, todavía sin dejarlo pasar.

—Mi actitud en el hospital ha sido imperdonable...

—Sí. ¿A qué has venido?

—A darte una explicación. No quiero molestarte, pero...

—Será mejor que entres —le dijo ella, esperanzada—, pero antes sacúdete la nieve.

—Siempre tan práctica, Cassandra —comentó él.

–Quítate la chaqueta y siéntate junto al fuego...

–¿Dónde está el bebé? –preguntó él, necesitando verlo.

–Arriba, durmiendo. Puedes...

Cassandra se interrumpió antes de invitarlo a subir.

–¿Y tú, cómo estás? –le preguntó Marco, pensando que tenía buen aspecto.

–¿Yo? Muy bien, gracias. Son los primeros días, ya sabes.

Él frunció el ceño.

–¿Tienes a alguien para que te ayude?

–¿Necesito a alguien? Algunos amigos me han dicho que van a venir a verme, pero todavía me estoy acostumbrando a la idea de ser madre y, por el momento, estoy bien sola.

–¿No deberías estar descansando?

–La verdad es que no sé si Luca me va a dejar descansar mucho.

–¿Luca?

–Es el nombre que le he puesto a mi hijo –le informó, desafiándolo con la mirada–. ¿Qué es ese sobre que llevas en la mano?

–Ya lo sabes.

–La prueba de ADN, se la has hecho al niño sin mi permiso, ¿verdad? Pues no está bien.

Él rompió el sobre todavía cerrado delante de ella.

–No necesito ver los resultados. Confío en ti, y sé que es nuestro hijo.

Recordó que Cass había dicho que los niños no llegaban con manual de instrucciones, pensó que podría aprender a hacer aquello... que podrían aprender juntos.

Después de dar de comer a Luca y volver a acostarlo, Cass bajó de nuevo y se encontró a Marco junto al fuego.

–Siéntate –le dijo–. Gracias por alimentar el fuego.

–Quieres hablar –adivinó Marco.

–Sí. Pienso que la niñez es la base de nuestras vidas, nos hace las personas que somos.

–Y nos enseña lo que no queremos –comentó él.

–Eres el padre de mi hijo, Marco, no puedes seguir ocultándome tu pasado. Háblame de tu madre. ¿Te acuerdas de ella?

–Por supuesto. De niño, le echaba la culpa de todo lo que nos había pasado, pensaba que era una borracha y una mujer fácil. No me daba cuenta de que estaba enferma, y de que necesitaba ayuda.

–¿Y cuando ella falleció?

–Yo buscaba comida en los cubos de basura de los restaurantes, y le di pena a un cocinero, que me dejó pasar a su cocina y me enseñó a cocinar. Fue él quien me llevo al sacerdote cuando me quedé huérfano, y este me encontró una casa de acogida y se aseguró de que recibía una educación. Esa educación y un techo sobre mi cabeza son las bases de lo que soy hoy. Pero entonces odiaba a mi madre por lo que había hecho.

–¿Y qué ocurrió para que cambiases de opinión?

Él dudó un instante.

–La noche que mi padre nos echó de casa era una noche parecida a la de hoy. Lo he recordado al salir del hospital. Recuerdo que estaba temblando y que mi madre se quitó la bufanda para ponérmela a mí. Lo que significaba que le importaba...

–Por supuesto que sí –respondió Cass, abrazándolo sin pensarlo–. Estoy segura de que su vida era como un pozo de tristeza, y que nadie la ayudaba a salir de él.

Marco la miró a los ojos.

–Me ha hecho falta tener un hijo para recordar lo que mi madre hizo por mí aquella noche, y entonces he empezado a recordar otras cosas que también hizo antes de estar demasiado enferma.

–Lo importante es que las has recordado –murmuró ella–. Aprender a amar de nuevo será lento, y peligroso.

–Tú lo sabes muy bien –respondió él, apartándole un mechón de pelo de la cara–. Tienes que descansar. Necesitas toda la energía para cuidar de nuestro hijo.

–Antes, necesito estar segura de que voy a poder contar contigo, de que Luca va a poder contar contigo. No quiero que entres y salgas de su vida a tu antojo.

–Pero no puedes impedir que vea al niño.

Marco se incorporó en un gesto amenazador.

–¿Qué me impide llevármelo ahora mismo?

–Yo –respondió ella, interponiéndose en su camino.

Capítulo 16

SÉ RAZONABLE, Cassandra. Deja que vea a mi hijo.

—No. No lo puedes tener todo, Marco. Piensas que le interesas a todo el mundo por tu dinero, incluso a la madre de tu hijo, y eso dice muy poco de ti. Tal vez seas el jefe de Fivizzano Inc., pero este es mi territorio, mi casa, y todavía estoy esperando que me digas qué papel tienes pensado desempeñar en la vida de Luca.

—Pretendo ser su padre a tiempo completo si vienes conmigo a Roma.

Frunció el ceño.

—¿Qué pasa? ¿Por qué me miras así? Vivirías con todos los lujos...

—No entiendes nada y no puedo ayudarte. De niña vivía en una casa enorme, parecida a tu casa de la Toscana, pero no he sido más infeliz en toda mi vida.

—Eso no te ocurriría en Roma —le aseguró Marco.

—No, pero no sería feliz. Y no quiero que Luca crezca con la incertidumbre con la que crecimos nosotros. Tengo que hacer todo lo que pueda para proteger a Luca, y pienso que voy a hacerlo mejor aquí que en Roma.

Él rio con amargura.

–¿No esperarás que lo deje yo todo para venir aquí?

–No. Soy realista y sé que no puedes hacer eso.

–Entonces, ¿qué solución planteas, Cassandra?

–No lo sé –admitió ella, sacudiendo la cabeza.

La vio abatida y eso le afectó. Nunca había visto a Cassandra así. ¿Era por su culpa? ¿Le había robado la seguridad y la confianza? Si era así, jamás se lo perdonaría.

–Yo haré lo que tú quieras –le dijo.

–¿Lo que sea?

–No quiero perderte. No puedo –le dijo él en voz baja.

Guardaron silencio unos segundos, hasta que Marco recordó lo que tenía en el coche.

–Tengo una cosa para ti. Un regalo de Navidad, aunque no es mucho.

Cassandra sacudió la cabeza, preocupada.

–Yo no tengo nada para ti.

Él se echó a reír.

–Si ya me has hecho el mejor regalo del mundo. Me has dado un hijo. ¿Quieres ver mi regalo?

–¿Porque no vamos a ver cómo está nuestro hijo primero?

Marco se lo dijo todo con la expresión de su rostro. Estaba tan implicado en su futuro como ella, y aunque no iba a ser fácil, encontrarían la manera de hacerlo funcionar.

Después, Marco salió al coche a por el regalo y se lo dio.

Cassandra lo abrió y se quedó en silencio.

–¿Puedo...? –le preguntó.

–Por favor –dijo ella.

Y Marco le puso la colorida bufanda de cachemir alrededor del cuello.

–Me encanta –susurró Cass–. Gracias.

Él se inclinó hacia delante y le dio un beso en los labios.

–Te quiero.

–Y yo a ti, pero a veces no me lo haces nada fácil.

–Quédate conmigo, Cass. Mi vida no significa nada sin ti. Quiero que vivamos los tres juntos. No tiene por qué ser en Roma, ¿qué te parece la Toscana? Es mucho mejor que el niño crezca en el campo.

A ella se le iluminó el rostro.

–No sé cómo no se me había ocurrido antes –admitió Marco–. Cásate conmigo, Cassandra.

–¿Qué me case contigo?

–¿Por qué no? Yo solo quiero estar contigo, solo me importas tú, y lo que tú quieres, lo que piensas...

–¿Lo que yo quiero? Siempre he querido lo mismo. A ti, Marco. Te he querido desde que nos revolcamos por la alfombra la primera vez.

–Entonces, podemos formar una familia de verdad, y revolcarnos por la alfombra cuando tengamos algún rato libre.

–No creo que vayamos a tener muchos.

–Entonces, ¿es un sí?

–Luca tiene que saber lo que es el amor para siempre, y que va a tener a sus padres ahí para siempre, y si me puedes prometer eso...

El niño se puso a llorar y Cassandra tuvo que subir a ocuparse de él.

Epílogo

Tres años después...

–¿En qué piensas? –murmuró Marco, abrazando a Cass por la cintura.

–Estaba pensando que esto era inevitable –admitió ella, apretándose contra su cuerpo.

–¿Tú y yo?

–Nuestra familia, que viviésemos aquí, en la Toscana. No sé cómo no se me ocurrió desde el principio–. Y que Quentin y Paolo vengan a vernos de vez en cuando. Aunque a ti te pareció una locura cuando te propuse que intentásemos emparejarlos.

–¿Quentin y Paolo son buenos amigos?

–Más que eso, pienso yo.

–¿Y ahora están con el bebé?

–Mi madrina y nuestros amigos están ahora mismo con Luca y con la niña. La última vez que he ido a verlos estaban todos dormidos.

–Entonces, tenemos mucho tiempo –le dijo Marco, llevándola hacia la rosaleda que la propia Cassandra había diseñado antes de empezar a abrir los jardines al público el año anterior.

–No, Marco, son casi las dos y van a empezar a llegar visitantes.

–Qué pena, pero tienes razón.

Cassandra siguió su mirada, que estaba clavada a lo lejos, en el camino, por donde avanzaban los primeros visitantes de la tarde.

–¡Ya están aquí y ni siquiera me he cambiado de ropa!

–Ve, yo me ocuparé de ellos.

–Formamos un buen equipo –le gritó Cass mientras corría hacia la casa.

–El mejor –murmuró Marco contento.

Con Luca, de tres años, sentado en sus hombros y Cristina durmiendo muy cerca, Marco miró a su esposa, la mujer que le había dado sentido a su vida, que estaba mostrándole el jardín a varias personalidades locales y a otros jardineros.

Cuando los visitantes se fueron, ella le dio el té a los niños y él se puso a cortar leña. El invierno podía llegar a ser muy frío en la Toscana, y Marco quería que su familia estuviese caliente.

Una vez con los niños en la cama, Cass volvió a salir al jardín y vio a Marco con el torso desnudo, el hacha en la mano.

Al verla, fue hacia ella y entraron en la casa, que estaba en silencio.

Subieron a la habitación y Marco terminó de desnudarse para meterse en la ducha, pero agarró a Cass de la muñeca y se la llevó con él.

–¡Marco, estoy vestida!

–No por mucho tiempo, *cara*...

La besó lenta, apasionadamente.

—¿Sabes cuánto te quiero?

—Ni la mitad de lo que te quiero yo a ti. Estoy empapada.

Marco la derritió con su mirada y con la sensual sonrisa de sus labios.

—Mi esposa —le susurró al oído—. La madre de mis hijos. Mi amiga. Mi amante. La mujer a la que amo más que a la vida.

Si no quería ir a la cárcel, tendría que hacerse pasar por su prometida

Arabella «Rebel» Daniels habría preferido hacer caída libre desnuda a aceptar la indignante sugerencia de Draco Angelis, pero su padre había malversado un dinero que pertenecía al magnate y ella debía saldar la deuda mediante cualquier método que Draco quisiese.

Como campeona de esquí, Arabella estaba acostumbrada a correr riesgos, pero el peso del anillo de diamantes que Draco le había dado y el ardor de sus atenciones públicas le parecían un precio demasiado alto, en especial, sabiendo que cada vez se acercaba más el momento de tener que compartir cama con él.

CUMBRES DE DESEO
MAYA BLAKE

Acepte 2 de nuestras mejores novelas de amor GRATIS

¡Y reciba un regalo sorpresa!

Deseo

TRENT

Lujo y seducción

CHARLENE SANDS

Trent Tyler siempre conseguía lo
que se proponía, y no había mujer que se le resistiera. Ahora, el
éxito del hotel Tempest West dependía de lo que mejor sabía hacer: seducir a una mujer; pero,
irónicamente, en esta ocasión lo
que más necesitaba de Julia
Lowell era su cerebro.

El vaquero texano, que no había
olvidado el tórrido romance que
había vivido con Julia durante un
fin de semana, la convenció fácilmente para que se convirtiera
en su empleada… con algún extra. ¿Pero qué ocurriría
cuando ella descubriera la verdad sobre su jefe?

Para aquel hombre irresistible, ganar lo era todo

Bianca

Era un trato muy sugerente...

Conall Devlin era un hombre de negocios implacable, dispuesto a llegar a lo más alto. Para conseguir la propiedad con que pensaba coronar su fortuna aceptó una cláusula nada habitual en un contrato... ¡Domesticar a la díscola y caprichosa hija de su cliente!

Amber Carter parecía llevar una vida lujosa y frívola, pero en el fondo se sentía sola y perdida en el mundo materialista en que vivía. Hasta que una mañana su nuevo casero se presentó en el apartamento que ocupaba para darle un ultimátum. Si no quería que la echara a la calle, debía aceptar el primer trabajo que iba a tener en su vida: estar a su completa disposición día y noche...

DÍA Y NOCHE A SU DISPOSICIÓN
SHARON KENDRICK